钱锺书与杨绛

围城绝恋

苏眉心 / 著

中国文史出版社

图书在版编目（CIP）数据

钱锺书与杨绛：围城绝恋 / 苏眉心著.-- 北京：

中国文史出版社, 2019.12

ISBN 978-7-5205-1769-0

Ⅰ．①钱… Ⅱ．①苏… Ⅲ．①传记文学－中国－当代

Ⅳ．①I25

中国版本图书馆 CIP 数据核字(2019)第 270256 号

责任编辑：金　硕

出版发行	中国文史出版社	
社　　址	北京市海淀区西八里庄路 69 号院 邮编 :100142	
电　　话	010–81136606 81136602 81136603 81136605(发行部)	
传　　真	010–81136655	
印　　装	北京地大彩印有限公司	
经　　销	全国新华书店	
开　　本	650×940　1/16	
印　　张	13	
字　　数	200 千字	
版　　次	2020 年 2 月北京第 1 版	
印　　次	2020 年 2 月第 1 次印刷	
定　　价	42.00 元	

前　言

一个世纪想来不过是一帘幽梦，被昨夜东风吹落灿若星辰的往事，寂静小窗下，凤箫声动，却挥不去盈盈暗香。

推开光阴的重门，踏上来路，风起云涌的百年之前，正如曹公借贾雨村之口于《红楼梦》中言，生出许多"置于万万人之中，其聪俊灵秀之气，则在万万人之上"身负异禀的人物。

被誉为"民国第一才子"的钱锺书就在这样一个乱世中，熠熠生辉，难掩光芒，说来颇有些"一举成名天下知"的意味，水木清华，不仅成就了钱锺书的求学生涯，也为他牵来冥冥中的一丝红线。

那一年克服万般阻隔杨绛还是毅然考入了清华，她是当时为数不多的女学生里，出类拔萃的一枚鲜果。一个生于开明诗书之家，受着西方新思想熏陶长大的少女翩然来到北平。

三月的早春那么美，暖风中的杨绛娇媚似蔷薇，开在古月堂前似乎只为与钱锺书相遇。他们同属优秀之人，钱锺书自幼天赋超人，国学外文无一不精，历来惹人关注。杨绛从小到大成绩优异，博览群书，加之容貌超群，追求者甚。

乍见之欢起始于，杨绛的谈吐和内秀，钱锺书的学识渊博，从而惺惺相惜。他们不只是门当户对的佳偶，更多是精神交融汇通的灵魂伴侣。

世间最美的情缘，是君为花低眉至情深，花为云温软而如玉。

两人结为连理后，她才发现他原来是个四体不勤、五谷不分，又痴气十足的"公子哥"，而他也歉疚地看着她从一个娇滴滴的"大小姐"，慢慢在婚姻里变成了"社下婢"。

她为初见时他身上折射的锋芒锐气所感染，从理想走入婚姻的那一刻，就如普通女孩一般，都选择了最柔软的姿态，但这样的抉择并非放弃了前行的追逐，而是在光阴的罅隙里绽放出属于自己的色彩。

在世人的眼光里他们虽不失一对璧人，但钱锺书的"两耳不闻窗外事"着实不为人所称道，然而世上所有的女人都怀揣着一座极其柔韧与强大的心房，才华横溢的杨绛也不例外。

那座心房充满了无边无际、时刻外溢的爱，她理解一介书生对文字的痴迷，犹记得当初在清华读书时的心声："志气不大，只想贡献一生，做做学问。"她包容一个连基本照顾自己的能力都没有的男子，生为女子她心底有着传统的伦理纲常。

同为中国文人的徐志摩，娶了四大才女之一的陆小曼，无疑是饮了一杯精神鸦片。著名的现代作家沈从文，娶了名门闺秀张兆和，感觉自己是喝了一杯甜酒的乡下人。唯有钱锺书是幸运的，娶了书香世家的杨绛，喝了一杯红袖添香的清茶。

在杨绛构筑、呵护的世界里，钱锺书取得了令人瞩目的成就，同时杨绛在创作、翻译和文论上的成就亦令人惊叹。对于钱钟书来说，杨绛既有妻子的举案齐眉，也有着知己的志同道合。

杨绛就是这么一个妙人儿，把一切轻松做到恰到好处，又维持着自身的优雅从容，古有芸娘，现有杨绛，慧心如兰的女子从来都带着温婉的笑容。

婚姻里有句不可颠覆的箴言，夫妻俩之间要有一个忍让的，一个逞强的，然而他们之间的情感没有人逞强，只有相互理解和包容。爱情看起来很美，落实到婚姻就要付出残酷代价，钱锺书在文学上的造诣和在生活中的无知，是他的风趣幽默无法平衡的。

小到生活中的点点滴滴，大到"文化大革命"时期杨绛贴小字报为丈夫申诉，甚至下放干校期间，艰难困苦的日子里为了给予钱锺书走下去的力量，他们常常在菜园相会，大雪纷飞之夜她还要送他返回男生宿舍，回归的途中自己却几乎迷路。

别人看来心酸，当局者却甘之若饴，如果说婚姻的最高境界是夫妻琴瑟和鸣，那么钱锺书和杨绛的相濡以沫则更加浓情蜜意。

钱锺书在英国留学时学会了煮牛奶红茶，每天清晨都会悄悄起床煮好茶，腼腆地端到杨绛床前。暮年时，钱锺书学会了划第一根火柴，只为能给妻子做一顿可口的早餐，他用自己的方式宠溺了杨绛一生。

钱锺书在文学史上取得的累累硕果有目共睹，他对杨绛的万般深爱亦细微入骨。婚姻是一座围城，会将恪守在城中的两人重新塑造，直到你中有我，我中有你。

翻看他们各个时期的照片，初始时，一个英姿勃发一个温婉娟秀；中年时，一个温文尔雅一个气质如兰；晚年时，一个温润如玉一个绝代风华。他们的面容自始至终透着与乱世格格不入的出尘之气，如浩渺江湖之上泊着的一叶扁舟，大有一蓑烟雨任平生的淡然。

生活太平淡，我们渴望传奇，钱锺书夫妇平淡地生活着，却于大爱无声中，演绎出世代膜拜的传奇。没有谁能抗拒爱情，就如谁也无法逃脱围城的宿命，爱情或许更适合膜拜，而婚姻只适合两个膜拜爱情的灵魂，永远保持虔诚谦卑的姿态。

两个纸上谈兵的文人，在围城的旮旯犄角里排兵布阵、运筹帷幄，却携手走过了现实中的千难万险。他们曾漂洋过海在异国伉俪情深，曾饱尝战乱烟火相依相偎，曾在动荡中亲人离散，也曾历经政治风暴有惊无险。

且不叹命运多舛，只悲戚白发人送黑发人的命运弄人。晚年时，女儿先一步离开他们。如若这世间有一种生离令人无奈，那么命运安排的死别则痛入骨髓，痛到心碎依旧要默默将心拼凑完整，再砥砺前行。

直至钱锺书也先杨绛而去，这段奇缘，并未画上句号，依旧以另一种形式延续缠绵。独自留在人间的杨绛，一个人默默打扫战场，她于鲐背高龄将钱锺书遗留下的七万余页书稿，整理出版。百岁老人的惊人意志力，蕴含着爱的柔情。

老来多健忘，唯不忘相思，那份情感如同呼吸，须臾相随，直至她打归并整理好"我们仨"的一切，在一个阳光明媚的夏日，阒然与世长辞。

围城并非凭空的海市蜃楼，而是你一砖我一瓦塑造出的家园，即便在人世颠沛流离，也终有一隅静候两颗心的停泊，他们走过一生的坎坷交集，终于相聚天上人间。

钱锺书和杨绛的传奇爱恋，是新旧思想转换交替间最完美的珠联璧合，有着常人难及的深度默契，才子佳人的爱恋留给后世几多怀念。

目录

钱

锺

书

与

杨

绛

钱

c

锺

o

书

n

t

与

e

n

杨

t

绛

o

【流年劫难显风骨】

【从此后，天上人间】

江南水月照京华

钱锺书与杨绛

七尺场宅书香染

　　英国著名作家彼得·阿克罗伊德说：任何天生的或后生的天才，若不与坚韧不拔、谦虚踏实和埋头苦干的品质相结合，就不可能有所成就。在十九世纪的民国，中国的江南水乡无锡，就诞生了一位具有如此品质的文坛巨匠：钱锺书。

　　一九一〇年十一月二十一日，清末宣统二年的农历十月二十，初冬七里场的黄昏暮色，被一声清脆嘹亮的婴儿啼哭，晕染出欢快愉悦的色彩。七里场只是无锡城中的一条小巷，但令人无法想象的是，在这方圆百米的地方，竟先后涌现出几位优秀杰出的人物：清末思想家、政治家和外交家薛福成，民族工商业巨子荣德生，还有一位就是国学大师钱基博，也就是本书主人公钱锺书的父亲。

　　钱氏家族相传是五代时期吴越国王钱镠的后嗣，世代以来人才辈出，在本地属世家望族，也是封建气息非常浓厚的诗礼之家。钱锺书的祖父钱福炯号祖耆，是个秀才，平日里守着祖传的三四十亩租田生活。其妻子为富豪孙家的千金女，二人育有四子：长子钱基成，次子钱基全（早夭），还有三子钱基博和四子钱基厚一双孪生兄弟。钱基博就是钱锺书的父亲，其学术功底深厚，是位学识渊博的学者。

钱锺书就降生在这样一个得天独厚的钱家大院，他在这块钟灵毓秀的风水宝地上，如一枚璞玉，质地温润，光芒隐逸，只待时光慢慢将他雕琢。钱锺书的伯父钱基成，膝下只有一女，祖父便按家族传统，将钱锺书过继给了大伯父。

一生潦倒的伯父，看到襁褓中的婴儿心中充满无限希望，爱子心切的他当即冒着倾盆大雨，连夜去乡下，为钱锺书寻来了细心贴实的奶妈。钱基成不但在生活中事无巨细地疼爱钱锺书，亦用尽毕生所学培养他。

祖父对钱锺书这个长孙更是寄予厚望，为其取名仰先，字哲良，希望他谦卑地仰望先哲的成就，学习先哲温良恭俭的高尚美德。

时光如弦，流淌出清浅音符，转眼钱锺书已满周岁。抓周礼上，钱锺书对玩具与钱串一概视而不见，径直爬向书本，学着大人的样子，煞有介事地指着咿咿呀呀念上一通。懵懂孩童的选择，令祖辈人心中都乐开了花，深得秀才祖父和父亲的欢心。于是正式为他定下"锺书"，这个后来名扬中外的名字。

钱锺书四岁开始读书，伯父不仅教他读正统的《毛诗》和四大名著，还特地给他些铜板，准许他到小书铺子或书摊租《说唐》《济公传》《七侠五义》等小说读。

当时正逢乱世，已经沦为半殖民地半封建社会的旧中国风雨飘摇，钱锺书出生后第二年，辛亥革命推翻了统治千年的封建帝制，整个民国像笼中之鸟在黑暗中惶恐度日。

伯父这个洒脱不羁的文人，历经半生沉淀，深谙真正教书育人的好文字，不仅仅局限于家里典藏的书籍，那些被正经读书人"瞧不上"的闲书，反而蕴藏着更多深刻的人生哲理。

黄口小儿潜心读书，窗外桃花纷落，红梅次第暗盈，寒暑轮转中，书香萦绕的钱锺书初露峥嵘。他不仅记忆力超人，口才也分外流畅，回家后，便绘声绘色地向两个弟弟讲他看过的小说，边讲述故事中的生动场景，边模仿人物鲜活的语言和动作。

讲多了，钱锺书就不再满足于照书念经，脑洞大开地自编自述杜撰的故事，编排自己心目中的两位大英雄李元霸和关羽，举着八百斤的擂鼓瓮金锤和八十斤的青龙偃月刀对决，讲着讲着又插叙进神话里的孙悟空，命他举着一万三千斤的金箍棒加入激战。

小小年纪的钱锺书，卓越才气若静水流深的淡墨，勾勒出一枝独秀的雏形，自身的思想品质里也逐渐具备了祖上崇文尚武的遗风。随着年龄的增长，伯父还意味深长地教导钱锺书，要励志长成一棵高大茂密的参天大树，将来做大总统。

每当这时，钱锺书就会似懂非懂地点头允诺，或许伯父的良苦用心他还不能深刻领会，但他已经完全懂得书的好，感受到了知识的力量。

直到九岁进入小学读书时，伯父阒然离世，此后，钱锺书由慈爱宽容的伯父式教育，转为父亲严厉管教的模式。对于这棵横蹿蛮长的"小毛杨"来说，这个无意的转折，起到了精心修葺的关键性作用。

钱锺书不仅深受伯父熏陶，也受了父亲的很大影响。钱锺书在小学和中学时代，父亲每天都会严格布置许多古文名篇，规定他必须诵读熟烂于心。钱锺书经常受到父亲与其师友（如唐文治、钱穆等人）的教导，国学基础不断积累。

在治学范围上，钱基博对传统经、史、子、集的四部之学，有着极为广博的认识。他在著作中叙写："基博治学，务为浩博无涯涘，诂经谭史，旁涉百家，抉摘利病，发其闳奥。自谓集部之学，海内罕对。子部钩稽，亦多匡发。"

这种"浩博无涯涘"的认识，尤其是"集部之学，海内罕对"，很自然地潜移默化为钱锺书发展的基石。课堂上，钱锺书字迹潦草的小楷龙飞凤舞，却掩盖不住他出奇优异的文采，常常得到私塾先生"眼大于箕""爽若哀梨"一类佳评。

可这个文学天才数学却糟糕得一塌糊涂，但他却满不在乎，小小年纪，狂傲不已，不管是什么人什么事，他都毫不畏惧，当面直抒己见。钱基博担忧儿子口无遮拦，招来祸端，便特地把他的字改为"默存"，告诫他能"以默获存"。

一九二三年，十三岁的钱锺书考进了苏州桃坞中学，这是所教会学校，上至校长，下至国文除外的各科老师，都是外教。在这得天独厚的特殊环境里，钱锺书迷上了外文原版小说，商务印书馆发行的两小箱《林译小说丛书》成为他探索文学海洋中发现的新大陆。

那是一个全新的世界，他把哈葛德、狄更斯、欧文、司各德、斯威夫特等人的作品反复阅读，还孜孜不倦地读完了《圣经》《天演论》等许多西方名著。与此同时，英文水平达到了连外教都挑剔不出瑕疵的程度。

次年，钱基博远赴清华大学任教，钱锺书彻底沉溺在一大批小说杂志中无法自拔，如《小说世界》《红玫瑰》《紫罗兰》等，课堂上根本不听老师讲课。

有天晚上父亲突然回来，命钱锺书作篇文章。正在大量接触各种文字冲击的钱锺书，文中不再是以往文采飞扬的笔调，从开篇到结尾都充斥着荒诞的杂乱措辞与思维。严厉的父亲恨铁不成钢地将儿子好一顿痛打。这个狂妄不羁的天才少年，在一瞬间警醒，开始认真听课，发奋用功，学习态度也由敷衍任性调整到用心专攻。

一九二七年，江浙沪一带被北伐军占领，国民政府不准基督教的《圣经》作为教会学堂的必修课，惹得桃坞中学停办抗议。钱锺书重新考入无锡辅仁中学学习，在学校举办的全校竞赛中以国文、英语第一的优异成绩荣居全校榜首，从众学生中脱颖而出，引起极大轰动。

两年后，十九岁的钱锺书又再次以全校第一的成绩，考入清华大学外国语言文学系。钱锺书从来不去循规蹈矩地读书，但他自小时到老年一直都在勤奋又心无旁骛地读书，从来都不曾辜负过上天给予他的独特天赋。

玉蛟乘风傲清华

这世上没有神助的天才，只有不懈努力的文学少年。

二十世纪的中国现代大学中，北大与清华居于领先地位，不分伯仲，若细究彼此发展史，两校的基本分别在于：北大和中国传统文化关系较深，清华则更接近于西洋文化。

如果说钱锺书当初为了学业，果断从西洋小说中脱离出来，那么将来报考大学所要抉择的专业取向，在钱锺书心里早已深埋。告别高中，即将跨入清华学府的暑假，当钱锺书在深夜的书桌前翻开尘封的日记时，对文学始终向往的锲而不舍的心赫然呈现。

他在纸张上记述："那两小箱《林译小说丛书》是我十一二岁时的大发现，带领我进入了一个新的天地，一个在《水浒》《西游记》《聊斋志异》以外另辟的世界。接触了林译，我才知道西洋小说那么迷人。我把林译中哈葛德、狄更斯、欧文、司各德、斯威夫特的作品反复不厌地阅读。

假如我当时学习外文有自己意识到的动机，那么其中之一就是有一天能痛痛快快地读遍哈葛德以及旁人的探险小说。"

文学的魔力没有国界之分，只有互通的渊博深奥，中外文学在这个少年的心中连成一片知识的海洋，通过勤奋努力终于可以尽情遨游。

清华的秋阳爽朗温情，拂过同学们意气风发的脸庞，洒在试卷上，只听得见笔尖落雨沙沙细密，入学考试正在紧张进行。钱锺书笔下的文字洋洋洒洒，国文和英语的答卷都写满后，他依旧意犹未尽。

接下来的数学考卷却让他气馁，那些奇形怪状的阿拉伯数字和怪异符号组成的难题，乱麻似的纠结在心头，洒脱不过钱锺书，就那样狂傲地草草几笔便交了考卷。放榜日，钱锺书的国文与英文成绩凌然榜首，而数学分数只能低下头弯下腰在榜单的末尾查找。

卓然之人必有特别之处，天上地下的差距也没能将钱锺书埋没，他的总成绩依旧毫不逊色地在众学生中位列前五十名，清华校长罗家伦翻阅这个文学天才的中英文试卷，那些无法掩饰的才华在文字里熠熠生辉，征服了一个学者的爱才之心。

就那么大手一挥，罗家伦成全了钱锺书在文学道路上的畅通前行，将他推向更辽阔的天地。当钱锺书出现在清华大学的校园时，同学们的眼睛里都写满了好奇与探寻，这个温润如玉的少年，英姿勃发却儒雅宁静。而走进清华的钱锺书，只是开始了另一种象牙塔生活，日日潜伏在清华图书馆中"横扫群雄"。

时至今日，我们可从他当时的校友许振德的切身体会中，感受他好学不倦的印迹："锺书兄，苏之无锡人，大一上课无久，即驰誉全校，中英文俱佳，且博览群书，学号为八四四号。余在校四年期间，图书馆借书之多，恐无能与钱兄相比者。课外用功之勤，恐亦乏其匹。"

钱锺书对知识的痴迷已然到达一种高度，清华大学只是他接触更高知识层次的阶梯，他从不无端消耗宝贵的时间。

钱锺书的中英文在那时的造诣就已经深厚蕴藏，他也精于研读哲学与心理学，上课时不听讲，不做笔记，只带一本自己正读的文学书籍，时不时用手里的铅笔在读过的句子上，画出佳句或写上评语。

若有幸读到清华大学的藏书，那些带着时光色彩的画线和评语，能让你感受到他当年的风范和笔韵，这是钱锺书走过一生后，笔端开过的花儿，一朵一朵镶嵌在岁月里，芬芳着热爱文字的求知人士。

尽管特立独行，但他的考试成绩一如既往地名列前茅，连续两个学年成绩皆为"甲上"，更有一个学年得到破纪录的超等成绩。

钱锺书学习时，在读书笔记上下功夫最深。其同学回忆说，不管是宿舍的书架还是书桌，一摞摞写满心得文字的笔记本随处可见，有的甚至堆到一尺多高，他的记忆力惊人，悟性更高，无论多么晦涩艰深的书籍，他都可以理解领悟，但他从不埋头死读书。

与同学们高谈阔论时，钱锺书总能轻松自如地将广泛涉猎的知识学以致用，黄山谷的诗句也好，古罗马作家的名言也罢，都可信手拈来作为谈资，并能迅速地找到出处，坦然面对同学们的质疑，赢来一片赞许。

钱锺书却并不洋洋得意，而是趁机鼓励大家多读书，还不假思索地为大家开出颇赋建设性的书单，一一列明书中内容的优劣详细。钱锺书的同学吴组缃要求他推荐三本英文禁书，钱锺书写出四十多本，书名、作者及内容简介都罗列得很详细，写了满满正反两面，看得同学拍手称奇。

钱锺书写文章文思敏捷，写东西既快又有见地，写出的好句子总是语惊四座。同学郑朝宗如是说："我曾亲眼见他在人前笔不停挥地写出文采斐然、妙趣横生的书札；又曾眼见他给学生改英文作文，把一篇命意修辞都很寻常的东西改成漂亮的文章。"

钱锺书的才华震惊了全校师生，昔日清华拥有着极为雄厚的教授班底，例如，文学院长杨振声、外文系主任王文显及叶公超、温源宁、吴宓等一干名流学者，还有普来生、瑞恰慈、温德等外籍学者，钱锺书这样的学生在如云的教授心中，有着无可匹配的特殊地位。

钱锺书的校友郑朝宗回忆说："钱锺书是外文系的一个尖儿，许多老师都对他另眼相看，他不是他们的弟子，而是他们的顾问。"另一校友罗香林回忆说："钱是一个大二的学生，他在随便的谈话中敢挑剔中文系主任朱自清和哲学系主任冯友兰的学问。"

学习之余，钱锺书开始以中英文两种语言试笔写作，他的文章最初刊登在《清华周刊》上，尔后陆续跃然于《大公报》和《新月月刊》，一时间，钱锺书成了风云人物。

哲学系老师张申府在学识上格外赏识学生钱锺书："钱默存先生乃是清华最特出的天才；简直可以说，在现在全中国人中，天分学力也再没有一个人能赶上他的。因为默存的才力学力实在是绝对地罕有。"

吴宓教授更是感叹："自古人才难得，出类拔萃、卓尔不群的人才尤其不易得。当今文史方面的人才，在老一辈人中要推陈寅恪先生，在年轻一辈人中要推钱锺书。他们都是人中之龙，其余如你我，不过尔尔。"

这一赞，"清华之龙"成了钱锺书的雅号。

一滴清水莹润泽

杨绛先生说："我是一滴清水，不是肥皂泡，不能吹泡泡。"她将一生的绮丽梦想，在心里养成一朵青莲花，静气悠然，从不曾被世俗风尘吹落一世的秋水长天。

一九一一年七月十七日，她出生在北京东城的一个四合院里，仿若一滴清纯的水珠，有着初降红尘的袅袅幽香，飘逸着江南女子的莹润素雅，父母将这个珠玉一般的小小婴孩捧在掌心里，呵护备至。

此时，正是钱锺书出生次年的一天，这个女孩就是后来令人敬仰的杨绛先生，虽生在帝都，他们却同为无锡人，由于父亲的工作调动，机缘巧合诞生在文化底蕴浓厚的紫禁城中。

杨绛出生时正值辛亥革命爆发，古老的中国俨然一副不伦不类的扮相，一半西装革履，一半长袍加身，阴阳不定的面孔令人心惊胆战。

只愿冷寒岁月在四季轮转中，开出柔软的七色花，一瓣一瓣都写满幸福安康，这是一位母亲稽首佛前的祈盼，更是一位父亲的深沉爱意，婴孩由此得名：杨季康，小名阿季，杨绛是她将来写作时采用的笔名，随着名气越来越大，久而久之就替代了原名。`

杨绛的父亲杨荫杭出身书香门第，字补塘，又名虎头，笔名老圃，是位抱负远大的江南才子。曾先后考入北洋公学、南洋公学，后留学美国、日本，取得宾夕法尼亚大学法学硕士，极其精通东西方政治法律，创办过无锡励志学社和上海律师公会。

杨荫杭担任过上海《申报》编辑，因学识渊博被提拔走向政治道路，担任过江苏省高等审判厅厅长、浙江省高等审判厅厅长等职，在当时是非常著名的律师，也是位热心革命的新派人士。杨荫杭不仅在政途上颇有建树，在文学上的成就也令人敬仰，拥有两部有名的著作——《名学》和《逻辑学》，流传后世。

母亲唐须嫈在当时是个少有的知识女性，曾就读上海女子中学务本女中，身上既有传统女性的温婉贤淑，又有新时代女性的思想谈吐，为人处世令人如沐清风。与杨荫杭结婚后，一心一意相夫教子，与外界少有接触。

闲暇间，她喜看清代的戏曲剧本《缀白裘》取乐，常翻《石头记》《聊斋志异》经典名著和一些新体小说，并能敏锐地指出一些新派女作者的行文风格，对其文字点评也精准到位。

杨荫杭与唐须嫈，青梅竹马，订婚时两个人只有十二岁，彼此年龄相当，并没有旧风气里媒妁之言的悬殊感，随着年龄的增长，两个有知识的人沟通交流，越来越默契情深。

当时的时代似险滩行舟，夫妻俩却琴瑟和鸣地谱奏出和谐美满的家庭氛围，为孩子们构造出温馨的成长环境。

乖巧可人的杨绛是杨家的四女儿，上有三个姐姐，下面两弟两妹，共有兄弟姐妹八个。杨绛是父亲从美国留学归来后诞生的第一个孩子，杨荫杭对这个小宝贝宠爱有加。

公务繁忙的杨荫杭再累，回家后都要把杨绛抱在膝头逗乐一番，杨绛生来瘦小，是兄弟姐妹中个子最矮的一个，身材高大的杨荫杭每次抱她，都要蹲下来快要将两臂完全圈拢，才能将小杨绛稳当妥帖地抱在怀里，然后轻轻刮刮她的小鼻子笑道："我的阿季最乖，要知道'猫以矮脚短身者为良'嘛！"乖巧懂事的杨绛打小灵秀温顺，小猫般可爱，深得大人们喜爱。

在父亲的影响下，杨绛从小就对文学非常感兴趣，时常好奇地搬个高凳子，悄悄爬到书架上翻书看。杨荫杭发现后心中自是欢喜，就主动把一些女儿喜欢的书放在书桌上，他在暗中观察杨绛的表现，如果女儿认真读了，杨荫杭就及时地再续上下一本，如果杨绛并没有仔细阅读，父亲就将书收回锁进书柜。

无声的鞭挞是最严厉的父爱，没有打骂与监督，杨荫杭只是在无形间以自己的文学修养影响女儿，熏陶她对读书的热爱。

小杨绛这滴清澈的小水珠，在爱的海洋里放开脚丫撒欢，无忧无虑地成长，受着父亲豁达幽默的熏陶，耳濡目染着母亲温婉贤淑的良好修养，浸润在墨染书香里，剔透莹润若珠玉。

尔后，平淡温情的琐碎日子，在动荡的当局面前，亦然成了奢侈。杨荫杭因铁面无私，开罪了省长屈映光，由江苏省高等审判厅调至浙江省审判厅，住在杭州，后由同学张一麐保荐，袁世凯亲示得才以调归北京。

杨绛是兄弟姐妹中唯一随着家人南下北上的孩子，大姐和二姐皆在上海读书，三姐则在无锡老家。一九一六年，五岁的杨绛进入女子高等师范学校附属小学念书，生性活泼好动的她，课堂上并不认真听讲，而是偷偷在书桌上吹小绒球，玩到忘乎所以，开心地咯咯咯笑个不停。

严厉的老师就生气地让她站起来回答问题，谁知道天资聪颖的小丫头，一问一答，几个回合下来竟然丝毫不出差错。杨绛活泼讨喜的性格，惹得众人偏爱，在女高师学生的聚会上，杨绛被推选出来，她化身漂亮可爱的花神，头发上、衣服上甚至脸上都装饰满了朵朵鲜花，五彩缤纷的鲜花像她绽放的笑脸一般，粉嫩美好。

　　这般可爱的杨绛深得凝重威严的父亲偏爱，对孩子们一向平等的杨荫杭，有次午饭后叫住了小杨绛："其实我喜欢有人陪陪，只是别出声。"从那之后，杨绛就成了八个孩子中独得父亲宠爱的一个，每天午饭后就留下陪父亲午休，她安静地在桌子前看书，有时会望着父亲沉睡的脸庞出神，但她从不吵闹劳累的父亲。

　　父亲读书写字时，杨绛就在一旁安静地观看，在心里临摹父亲挥毫泼墨，深深记着每一个字的结构与含义，再等父亲休息后捡起父亲用过的笔一笔一画地练，久而久之就写得一手好字。

　　小杨绛不仅是父亲的贴身小棉袄也是母亲的小"尾巴"。从小跟着母亲的杨绛，常看着母亲忙忙碌碌地做家务，心灵手巧的她剥栗子、去果皮，都做得像大人一样有模有样，她不但聪明也十分有心，往火炉里加炭也学着母亲轻手轻脚的姿势，这对于一个三四岁的孩子来说，真是难能可贵。

　　母亲为她剥瓜子仁吃，她也会慢慢剥上一小碗瓜子仁，端给母亲吃，母亲看着碗里一颗颗饱满莹润的瓜子仁，开心地做着"吃"的动作，装着吃了"好多"，然后就打算喂给杨绛吃，但小杨绛噘着嘴不依，紧紧抓住母亲的手让她必须吃完，才肯罢休。

　　母亲的心顿时湿润了，这么小就懂得感恩的小丫头，是上天赐予她的小天使，当脆香的瓜子仁被妈妈全部吃光之后，母女俩相视而笑，那是种从未有过的开心和幸福。

父爱如墨染青荷

童年的味道，除了甜甜的糖果味之外，小杨绛初次尝到了苦涩滋味。在她刚进入学堂的第二年，父亲杨荫杭将贪污巨款的交通部总长许世英扣押，拒绝任何高官显要的保释，也害得自己丢官弃职，一大家的开销陷入困境。

这一年大概是这个家庭基调最灰暗的时刻，与此同时，杨荫杭一直就读上海的二姑娘在学校感染风寒，病情严重住进了医院。兵荒马乱的年代又赶上洪水天灾，天津铁路陷入瘫痪，父母只能当即换乘轮船赶往上海，小杨绛看着素来沉着冷静的父亲，和惊慌失措的母亲匆忙离家，幼小的心里多了一丝迷惘。

最终，这个十五岁的二姑娘还是离开了人世，杨绛找不到疼爱自己的二姐，哭着闹着问母亲要姐姐，更是哭碎了父母的心，那锥心刺骨的痛，让他们决定回故乡避世而居。

一九一九年，杨绛随着父母回到了故乡，居住在一处叫沙巷的宅子里。杨绛骨子里的温婉江南，从心底小桥流水似的缓缓流淌出来，她常一个人站在小院里望着船来船往的湖光景色，美好得像是住进了一卷水墨长卷里，可是父母并不中意这里，时常带着她行走在青石小巷，去寻找合适的房子。

他们无意间走近一所古色古香的大宅，深深的庭院前，两棵繁茂浓密的大树在秋风里飘洒着金色的落叶，威风凛凛地伫立在大门两侧，显得威严肃静。小杨绛轻手轻脚推开大门，踮着脚尖趴在镂空雕花窗棂前往屋子里瞅，却空无一人。

院子里漂浮着桂花馥郁的香气和软糯荷香，她静静地仰望着粉白的高墙，站在宁静水蓝的天空下，看小鸟从墙外飞进庭院里，蹦着跳着，叽叽喳喳地唱歌觅食。正当杨绛沉醉在这美好的景色时，母亲突然急促地跑进来，攥紧她的小手慌慌地出了大宅门，那秀美的亭台楼阁与美景在她的身后一闪而逝，却深深地留下了影像。

后来，他们并没有搬进那所宅子，据说这是一家钱姓大户住过的旧宅，因家里老小时常闹病熬药，想必觉得晦气，所以搬了出去，殊不知这所谓的钱姓大户正是钱锺书家。

虽然没有如意住进钱宅，但杨绛却被父亲送进一所古色古香的学堂里，江南的建筑多是粉墙黛瓦，倒也消解了她心头的留恋之情。学堂里新奇好玩儿，八岁的杨绛晕染着江南的柔美，好学文静，成为唯一一个没有挨过"孙头光"老师教鞭的乖孩子。

在一个细雨清寒的二月天，杨绛带着父亲的期望和母亲的不舍，辞别了如诗如梦的江南水乡，前往上海启明女校读书，去接受更高层次的教育。

第一次独自离家，在大上海的启明女中里，杨绛并没有像别的孩子那般充满离家的愁绪，而是异常活跃地带领着一帮同学到处疯玩儿。大家一起荡秋千的时候她会调皮地，一纵一纵抓着绳子，爬到秋千架顶端嘻嘻哈哈逗大家乐；上课时候私自在下面偷偷讲话，被老师罚站她就一刻不停地哭到姆姆（指生活老师）来哄，惹得老师们哭笑不得地为这个可爱的孩子取了个"小魔鬼"的称号。

就是这个"小魔鬼",却敢奋不顾身跳进泥塘里救小学生,而且学习成绩好到连跳两级。"小魔鬼"其实是老师们的心头好,玲珑灵秀,赢得了师生们的眷顾,就读的三年多时间,杨绛在大集体里生活得如鱼得水。

尽管有一些小小的瑕疵,但那段独立的生活在很大程度上,塑造了杨绛出众的个性,锻炼出她的判断力和自控力。有次,杨绛去帮老师送信,信纸只被简单折叠装在信封里,走在路上,她把那封信在手中对着阳光照了照,又翻来覆去地在手里把玩着,最后忍住了强烈的好奇心将信送到了地方。

学习之余,杨绛会偷偷地想家,想念父亲宽厚的怀抱和母亲柔软的话语。本地学生在每月的"月头礼拜"都会被接回家,与家里人团聚,但无锡遥远,杨绛只能摸出临行前母亲塞给她的那枚银圆偷偷流泪。

又是一年三秋桂子、十里荷香的季节,不久后的一天大姐竟然来接她和三姐去与父亲会面,原来父母放心不下他们姐弟,随后迁往上海,杨荫杭已被邀请到申报馆做主笔。

经历过无数次动荡,依旧坚持让孩子们读书的杨荫杭,为自己的信念感到骄傲,杨绛在这个良好的环境里,变得蓬勃向上,像一棵拔节的小树,欣欣向荣地向上,再向上。

前方战火如荼,后方黑暗腐败,耿直不阿的父亲杨荫杭,在尔虞我诈的复杂关系网中,再也忍受不了束缚,再一次于一九二二年举家迁回故乡,定居苏州老宅"安徐堂"。

与此同时,杨绛也随之转入了苏州的振华女中,虽说这仍是所寄宿学校,但与启明女中比起来却令杨绛格外欣喜,因为每个周末她都可以回家为父亲沏上一碗盖碗茶,研研墨,为母亲削个苹果、剥些干果,带弟弟妹妹到处玩儿玩儿,在这个家里感受到的一切温馨都是杨绛心底最温暖的念想。

每个周末，当她帮母亲哄睡弟妹们，又做完了家务，总会翻开一本自己喜爱的书于灯下深读，父亲在窗外看到自己宠爱的四丫头如此上进，就推开门坐下来和杨绛说话。

父女俩从日常的学习生活聊到书本，父亲问，阿季，三天不让你看书，你会怎样？杨绛嘻嘻笑答：三天不让阿季吃肉能行，不让读书可不好过。那么，如果一周不让你摸书本呢？父亲接着问。杨绛不假思索地说，那我可是又白活了七天呀父亲！看到女儿急得面红耳赤，杨荫杭哈哈大笑起来，母亲怜爱地盯着父女俩感叹道：父女俩一个样，家里养着两只大书虫！

杨绛虽然是个乖巧懂事的女孩子，青春期的她也曾有过优柔寡断的时期，父亲杨荫杭就以学校的实例，言传身教地对女儿进行了教诲，要以坚强勇敢的态度面对任何事情，这在杨绛以后的人生道路上起到了指引性的作用。

有一次，学校组织学生上街宣传，一致推举才华出众的杨绛进行演讲，呼吁人们积极开展革命。但世风日下，常有一些不轨军人趁机非礼女学生，心有戚戚的杨绛回到家就向父亲诉说了忧虑，希望杨荫杭能同意她以家人不赞成的理由回绝学校。

不曾想一向对她宽容的父亲，这次却说，如果自己不肯去，可以直接拒绝，不能拿任何理由去做挡箭牌。父亲果断的拒绝让她落下泪水，杨绛伤心地哭着说："可是爸爸，学校领导、老师还有同学们都希望我能去，找不出适当的理由，会让大家失望的。我不敢说不想去呀……"

杨荫杭拿来毛巾为女儿擦干眼泪，娓娓道来一件关于自己的往事。杨荫杭当年任职江苏省高等审判厅厅长的时候，军阀张勋闯入了北京，一众江苏绅士联名登报热烈拥护，一名下属擅自将杨荫杭的名字列入其中，刚正不阿的杨荫杭向来坚持"名器不可以假人"的做人原则，即刻又登出一则启事，申明坚定自己并不拥护张勋的立场。

讲完后，杨荫杭严肃地对女儿说："你知道著名思想家、政治家林肯说过的一句话吗？Dare to say no！你敢吗？"鬼灵精怪的杨绛顿时悟出了父亲的用意，坦率有力地回答说："敢！"正确面对困难，积极解决问题，认真做好自己，这是一位父亲给予女儿的正确引导。

所有的青春年少，都会面临选择，没有主观的错与对，拒绝与接受都是最正确的方式。第二天杨绛就在大家期待的目光中，干脆利索地扔下一句："我不赞成大家的决定，我不去！"

杨荫杭对杨绛，与其说是在培养教育，不如说是让女儿在父爱里慢慢成长，循序渐进地懂得人生道理，从不将自己的理念强加到杨绛头上。

类似的情形还有很多，比如，尽管杨绛从小是在书堆里爬着长大的，但杨荫杭从不刻意去教女儿平仄音律，直到有一天杨绛开心地跑去找他，流畅地将四声辨读出来。

杨荫杭淡淡一笑，鼓励女儿："我说嘛，我的阿季只要喜欢读书就好，该懂的时候自然会懂，爸爸希望你读书不是为了什么，成为谁，只要认真读了，自然会有结果。"在父亲的教导下，杨绛认真读书，随意书写，做了一首课卷习作《斋居书怀》："世人皆为利，扰扰如逐鹿。安得遨游此，翛然自脱俗。"老师批："仙童好静。"随后该习作被校刊选登。

彼时的杨绛，正如一株小荷初绽，袅娜素雅地娉婷在浩瀚书海中，墨轻染、书香熏。

只为了与你相遇

钱锺书与杨绛

初会便已许平生

　　杨绛虽晚了钱锺书一年出生，但却以卓人的学识提前学完了六年的课程，当钱锺书还在参加高考时，杨绛已经考进东吴大学，也就是今天的苏州大学。1928年高考时，杨绛心心念念要考进清华学府，却因清华不招南方女生而被阻之门外。

　　此时的杨绛，还积极参加了校排球队，一举被推崇为"文武双全"的东吴校花。她当时的大学室友这样评价她：杨季康具备男生追求女生的五个条件：一、相貌好；二、年纪小；三、功课好；四、身体健康；五、家境好。更有爱慕者为她写诗，其中两句足可窥见杨绛粉腮玉面的少女姿容："最是看君倚淑姊，鬓丝初乱颊初红。"

　　但杨绛从不认为自己是美女，也不以出众才气增加骄纵气焰，反而每天待在图书馆中潜心研读，后来杨绛回忆起来说："有些女同学晚上到阅览室去会男朋友，挤在一处唧唧谈情。我晚上常一人独坐一隅，没人来打扰。只有一次，一个同学朋友假装喝醉了，塞给我一封信。我说：'你喝酒了，醉了？——信还给你，省得你明天后悔。'这是我上东吴的第三年，很老练了。这人第二天见了我，向我赔礼，谢谢我。以后我们照常来往如朋友。我整个在东吴上学期间，没有收到一封情书。"

纵然杨绛一再声明拒绝，还是有许多追求者如春草，层层萌生茵茵密布，一个优秀的女孩儿，除了姿色之外，兼具才华与智慧，加上端庄大方的谈吐举止与自身修养，更是显现出超群的气质，在当时的东吴大学，示好的男同学汹涌如潮，据称孔门弟子"七十二人"之多，最终都被杨绛一一回绝，那些热辣直白的求爱信，她大抵回复，都还小正是读书年纪，莫辜负了好光阴。

大三时，母校振华女中为她申请到了美国威尔斯利女子大学的奖学金，在莘莘学子中那是很少人能企及的荣誉，可面对家中日渐老迈的父母，她还是生生收回了想要振飞的羽翼。

她怕真的如父亲所说的那样："你说一个人有退休的时候吗？我现在想通了，想退就退，不必等哪年哪月。"杨荫杭此时身患高血压等病症，杨绛抽出时间就回家服侍双亲，她还是多年前的四丫头小季康，为父亲沏盖碗茶，为母亲剥干果，其乐融融地在庭院里闲话家常。

一九三二年初，正读大四的杨绛因学潮停课，她却不忧反喜，毅然报考了清华学府研究院，希望自己能顺利结业，亦为了当年未能如愿的文学梦。命运没有拐弯，只是与杨绛玩了一次捉迷藏，在东吴大学嬉闹了一番，再回到清华这个人才济济的学府里绽放芳华。

曾被无数人赏悦追求的杨绛，终于在清华遇见了令她倾慕的钱锺书，有时候心动并非万人瞩目的驿动，而是只为一个人才会出现的悸动。

那年早春的古月堂前，钱锺书与杨绛初初相遇，娇媚白净的杨绛面若蔷薇好颜色，静立在三月的暖风中，锦绣玉口轻吐珠玑。拥有斐然美誉的清华才子钱锺书，一向清高孤绝，戴着眼镜的双眸如春阳熠熠生辉，似读书时蓦然遇见惊艳诗句，沉稳不惊的外表下，一颗心早已汹涌澎湃。

彼此间的无意邂逅也许正是姻缘天定的妙然伏笔，同出书香门第的杨绛心若清流，渴望汲取更深的源泉，对于这位俊朗清奇的学长，内心充满了仰慕之情。他们谈文学，谈过往，谈无锡，谈起了江南水乡那一宅幽深秀美的庭院。

若说人生何处不相逢，那一条细雨蒙蒙的小巷，已然住着一对青梅竹马的伴，初次相遇的情愫暗生里，有了些许宿命姻缘的注定。一个是不善言谈的江南才子，一个是矜持清雅的如莲佳人，就这样在心河的两端，遥遥凝望恋慕着对方。

钱锺书从杨绛的闺蜜蒋恩钿口中打听到，杨绛早已名花有主，杨绛也从钱锺书的表弟孙令衔那里侧击出口风，钱锺书已是订过婚的人，站在心河两端的两个人，都软了双腿，扑通、扑通掉进了相思的泥沼，唯有对方才能将彼此解救。

蒋恩钿口中的"男朋友"，是杨绛就读东吴大学期间的校友费孝通，他追求杨绛两年多，而且两个人门当户对，条件相当，成为人们眼中理所当然的"情侣"，但事实上杨绛一直将费孝通当朋友，每日里埋头读书，豁达的她懒得理应这些无中生有的流言蜚语。

而钱锺书已经"订婚"的传言，是源于孙令衔一个远方姑太太，非常中意儒雅博学的钱锺书，想招才子做闺女女婿，钱家上下都觉得这门亲事十分称心，唯独寡言少语但心中有数的钱锺书本人不同意。

这些莫须有的传闻成了钱锺书与杨绛之间笼罩的烟云，云里雾里，谁也看不清对方的心，只能默默在各自的世界里，心伤，徘徊。从未谈过恋爱的钱锺书，与杨绛相见之后，心中长出一棵含羞草，被流言蜚语侵蚀地紧闭了全身的每个细胞，最后在爱情阳光地召唤下，勇敢地张开了臂膀，主动勇敢地写了封信约杨绛在工字厅相见。

最简单的言语才能表达最真切的心语，再相见，早已两心相属的才子佳人，没有华丽辞藻堆砌的赞美歌颂，也没有柔情蜜意的诗情画意，他走到杨绛面前痴痴望着她说，我没有订婚，她眼波流转间对钱锺书喃喃低语，我也没有男朋友。

两个人到这时才承认了彼此早已一见钟情，经过这些误会风波之后，才子佳人的隔阂与顾忌，在爱情面前冰消云散。即便后来有人问起杨绛，她却说人世间也许有一见倾心之事，但我无此经历。

那我们即可理解为，旗鼓相当的才子佳人，在风华正茂时棋逢对手，爱情里有尊敬，有欣赏，有彼此的惺惺相惜与相辅相成，从而携手相濡以沫地走过了一生。

钱锺书清奇儒雅，杨绛温婉素雅，实是一对璧人。

花低眉，温如玉

　　记得当年有追求杨绛的男同学，气哼哼地问："他们说钱锺书'年少翩翩'，你倒说说他'翩翩不翩翩'？"古灵精怪的杨绛便淘气地回："我当然觉得他最翩翩！"之后，她在文中如实吐露心声："我应该厚道些，老实告诉他，我初识钱锺书的时候，他穿一件青布大褂，一双毛布底鞋，戴一副老式大眼镜，'蔚然而深秀'一点也不'翩翩'。"

　　这句评价蕴含了超越"翩翩"两个字多少倍的认同与肯定？"翩翩"仅停留在一个人的外形所在，是大众眼光中的评判，而"蔚然而深秀"是杨绛在内心对钱锺书的深深赞许，笔触恰如其分地勾勒出钱锺书的书生意气、内敛沉稳与腼腆害羞。

　　钱锺书与杨绛初次相见已坠入情深，对于他们之间的恋情好奇的人比比皆是，却无论如何追问，钱锺书只笑笑说，她与众不同。那又是个怎样的不同？旁人再问他就不再答，沉默微笑。

他只心心念念地给杨绛写诗，有心的人从诗里窥见珍爱："缬眼容光忆见初，蔷薇新瓣浸醍醐。不知洗儿时面，曾取红花和雪无。"古月堂前的人生初相见，杨绛不经意间就惊艳了钱锺书的时光。

这样的情愫里，只黯然吟唱几字相思：有美人兮，见之不忘，一日不见兮，思之如狂。一曲琴歌，无边闲愁，为只为相思红颜。诗写给杨绛，杨绛读懂的是钱锺书的渊博才华。

情意中蕴含渊博，诗句中暗含典故，来自北齐崔氏的洗儿歌，冬季里收集来梅蕊花枝间的簌簌白雪，与艳艳红花相融浸泡，待春来时，用其汁液为婴孩洗濯脸庞，日后二八芳龄必定颜色如花。

情之所起，只因懂得，你的一颦眉，一个眼神，尽是一字深意，一封素笺。

水木清华着实可爱，校园内就有方便学子投递信件的邮筒，鱼传尺素、驿寄梅花的浪漫，连绵在他们之间，幽深内敛的钱锺书在爱情来临时是狂热的，一天一封的情话，传达着内心的温度。

一个校园的两个恋人，那么近，又那么远，近到一封信须臾便可到达对方手中，远到一份思念要辗转光阴才能到达爱情的彼岸。他在信中约她到校园里漫谈，慢慢走着，浅谈深聊中，文字与文字相濡以沫，信念与未来熠熠生辉，信步登上宽阔的台阶，就像行走向一个又一个的明天。

他们的爱情，带着相互钦羡的意味，文无顶峰却可随意华山论剑，然能过上几招的皆已具备了不凡功力，这文字的剑影刀光里，生不出华山论剑的高低，只磨合出她如花的低眉，他似玉的温润。

杨绛性情朗利，端庄大气，自幼在家庭环境的熏陶下，既能文又能长袖善舞，自是有着脱俗的淡定，对于钱锺书每天必至的情书，只是一字一句地读了，暗暗收在心里，一边忙着学业。

钱锺书这个从小在旧式家庭里成长的男子，饱腹经纶，才丰华美培育出清绝的高傲，内心却幼稚，有着从不曾减弱的赤子之心，专心潜读，书就回报给他无限的知识，真诚恋爱，杨绛却淡淡的，淡得令他有些不知所措。

可杨绛却写了封信寄给另外一个男子，那位传说中的"前男友"费孝通，告诉他："我有男朋友了。"费孝通"杀气腾腾"地一路从苏州到北平，来清华来找梦中人，见到由两个校友陪伴的杨绛，就不避不让地逼问："我们原是可以做朋友的！"

杨绛依旧温婉淡然："一直淡如清水之交，多年惜君的友谊彼此深谙，若这不是你想要的境界，我也只能抱歉，期望有朝过渡到你侬我侬，那我也做一回不让的须眉，当与你割袍断义！"

然而却不能够，毕竟夫妻不成，还有文字的情意在，费孝通一生也是极有作为，著书立传，成为一代大师。心有戚戚，于文字中黯然尘埃，一生也无法忘记的女子，凝成了心头的朱砂痣，在他的心中美到无可方物。

那次表白未遂，他们仍在附近的小馆子中吃了顿饭，杨绛的豁达沉静，大气悠然，始终是令费孝通钟情的。

屡次错失考取清华的机缘，杨绛却大学第四年争取到了名额，若说她曾错过了清华外文系最鼎盛的几年，而她来清华读书却幸运地遇见了钱锺书，冥冥中命定的姻缘，像一本书，不经意地一翻就翻到了最唯美的诗篇。

年少时，谁不曾憧憬过未来，在现实与精神间左右摇摆，就连杨绛也不例外。她选修朱自清的散文习作课，做出的短篇小说《璐璐，不用愁！》里，似乎影射了一颗少女徘徊的心，无法抉择的少女在两个男孩子之间，最终选择了那个可爱有性格的。

璐璐喜爱着汤宓，抛却现实所有的因素不顾，只为爱着他那一双会说话的眼睛，从眼睛里能读懂两个灵魂的相遇。艺术毕竟是艺术，与现实之间隔着灵魂的厚度，人生的真相永远没有最确切的答案，也没有如果，只有遵循世事常态前行，才是生活。风花雪月的浪漫蒂克，是爱情最梦幻的色彩，每对情侣表达或进行的方式却各有不同。

杨绛心清若水，她写作的文字也洁净清澈，凡事自有决断，心中已认同了钱锺书，就要明了地杜绝暧昧。而钱锺书这边，因为杨绛忙于学习不回他书信，却一时乱了阵脚，不再含情脉脉地写诗，而飞身到校园里四处找寻杨绛的身影。

宿舍、教师、食堂全寻遍，最后在图书馆门外邂逅，杨绛只是一如既往地淡淡，忙着学习忙着读书，对这个可爱的书呆子，一笑而过。看到快要急坏的钱锺书，同去的另个校友不忍，就再现了当日费孝通与杨绛相见的谈话与过程。

书中古有痴性盎然的贾宝玉，今有痴性纯情的钱锺书，他的一颗心，终是落到了底，眉眼含笑，唇角隐春。

经年后，费孝通与钱锺书都已有成，在一次中国科学家访美时，竟住进同一套间。谈文学谈工作，自然也谈杨绛，那是两个男子心中共同的女神，聊到深夜，钱锺书从不辍笔地在灯下写每天都要记的日记。

他夸钱勤奋，钱却一边书写一边腼腆地笑："只是将离别的相思写在纸上，回家后给季康看。"从爱上杨绛起，每天必书情话，这习惯一写就是一辈子。

费孝刹那间释然，有爱杨绛如我的男子守护在她的身旁，再无遗憾，他欣然从夹子中取出存放的邮票，赠予钱锺书，让他当作家书寄回去。

钱锺书的信一天一年一辈子从未间断过书写，杨绛一次一字一句闲章也没有回复过，在爱情里她是古灵精怪的小黄蓉，他是她痴痴的靖哥哥。这段情史，在后来的《围城》里依稀可见影射，那不爱写信的唐晓芙正是杨绛的化身。

此刻的钱锺书，才慢慢懂得杨绛，本应写在纸上的绵绵情爱，她都赋予了他们一生的相濡以沫。就连他的"情敌"费孝通，钱锺书也未忘记幽他一默，自嘲两人是"同情人"，有一丝胜出者狡黠的小骄傲，可爱又令人想笑。

唯历史与命运无法改变，情爱纠缠，终是泯然于岁月，埋于心中，寒暑交替，花落花开，它一直在，一生都在。钱锺书与杨绛琴瑟和鸣地走过了一生，费孝通对杨绛的爱恋也留在了凋零的记忆中。

杨绛并非林徽因，费孝通亦成为不了金岳霖，相忘于江湖又重逢在二十世纪九十年代，同为相邻的三个人，作为浙江籍的名家大师，经浙江文艺出版社策划出版的一套名家的散文集，再聚首。当出版社辗转联系到费老先生，他感叹道，能与钱锺书、杨绛的文集一起做一个系列的丛书，真正是巧妙。

情定心安爱缠绵

一生为你做的最浪漫唯美又长情的事情是为你写诗，看似痴缠的举动，实则是两颗心从未间断的沟通交流。一纸素笺，写满了情愫，与平日里发生的每件或大或小的碎碎念。

当然，最不能少的是对一本书的欣喜，说与对方知，因一句一词，两个可爱的人儿，你来我往，沉醉陶陶。有爱为心，当日月可鉴，爱长久，却总要接受距离的考验。

杨绛考取了清华大学研究院，为了补齐大学四年本科所学的知识所需，她回到了苏州，找了份小学教员的工作，打算边补习边工作。深入进工作状态后，她才知道一切并非想象中轻松，老师的职业角色非常耗费精力，尽管如此，杨绛还是一有空闲就第一时间前往图书馆。

事与愿违，当初以读清华研究院为前提的补习，因为手边的工作而不得已推后一年，虽然钱锺书极力反对，杨绛仍按照自己的意愿行事，在爱情面前，他高深的学问除了写诗，起不了主导作用。

钱锺书对杨绛的牵挂，从思念转变成了忧虑，这个古怪精灵的女孩儿，婉拒了他的订婚请求，令多情才子忐忑似击鼓，每当夜深人静时，相思之情便如雷惊心。

青灯古卷相伴，他兀自低喃"远道栖迟，深秋寥落，然据梧，悲哉为气；序增喟，即事漫与，略不诠次，随得随书，聊至言叹不足之意。欧阳子曰：'此秋声也！'"

清秋凉寂，不仅透了薄衣衫，也渲染出几许清愁，寒霜点点缀在钱锺书的眼角眉间，却又悄悄缭绕一丝暖意，是那杨绛在他的心中巧笑嫣然，期盼红袖添香，凝为心头的白月光，无边无际地覆盖了他一个人的春秋。

才子多情，将情爱变幻，付诸笔端。一点相思一段心伤，都写成文字，譬如他为杨绛所做的《壬申年秋杪杂诗》，于《国风》半月刊上刊登：

缠绵悱恻好文章，粉恋香凄足断肠；

答报情痴无别物，辛酸一把泪千行。

依穰小妹剧关心，髣瓣多情一往深；

别后经时无只字，居然惜墨抵兼金。

良宵苦被睡相谩，猎猎风声测测寒；

如此星辰如此月，与谁指点与谁看。

因人节气奈何天，泥煞衾函梦不圆；

苦雨泼寒宵似水，百虫声里怯孤眠。

海客谈瀛路渺漫，罡风弱水到应难；

巫山已似神山远，青鸟殷勤枉探看。

各种繁忙的杨绛，被他的"心酸一把泪千行"逗的浅笑，也被他的一往情深，痴性不改而打动，她发出了要钱锺书来杭州拜见双亲的邀请。杨绛虽才思出众，在爱情也不过只是个怀春少女，对于未来和一些现实的问题，唯有由父母参详。

当父亲与钱锺书在书房里交谈之时，杨绛的手心微微地冒出了细汗，阅尽生平，一向持重的杨荫杭，只给了杨绛五个字："人是高明的。"自小乖巧，深谙父亲心意的杨绛知道，疼爱她的父亲担心还未毕业的钱锺书，在未来能否担当起家庭重担，还是未知。

书生意气的呆萌钱锺书，哪肯将这次会晤的机缘浪费，拜见过杨绛家人之后，就急慌慌地拜访邀请了杨荫杭的两位好友，上门提亲。杨荫杭毕竟是开明之士，看到女儿与钱锺书这对金童玉女情真意切，那些俗世的担忧与护犊之情也就忽略不计，父爱最伟大的成全是希望自己的儿女能有个令人欣慰的归属，其他的，大约也只是一个父亲爱女心切的忧虑罢了。

杨荫杭这一许，就成就了历史文坛上的绝世璧人一双。暖春渐至盛夏，暑假的订婚之约翩然到来，在苏州的一家酒店里，双方的好友济济一堂，两个整日里与书为伴的人儿，在众人的众星捧月里显得无比拘束。

祝福此起彼伏，钱锺书与杨绛默默地相望暗笑，本来是一场恋爱自由的新时代爱情，最后也不能免俗地落进了"媒妁之言，父母之命"的旧风尚套路中。她从此后成为默存的未婚妻，他从此后成了季康的未婚夫，一直在半空缥缈着的爱情，终于以现实的雏形稳稳地呈现幸福。

丑媳妇总要见公婆，何况是杨绛这般兰心蕙质的姑娘，钱父曾拦截下杨绛写给钱锺书的信件，包括一些用英文写就的，他曾读到杨绛在信中所写的"毋友不如己者"，大意是我的朋友个个都比我有学识。

从信件中，钱父感受到了这个高学历、心气高扬的女孩，正是他心中命定的"准媳妇儿"类型，"实获"钱父之心，老先生擅自给杨绛去了封"认同信"，言辞凿凿地表示，儿子交付与你，我十分放心。

杨绛收到信后，大感无所适从并不知怎样应对钱父的嘱托，钱锺书只笑了笑说，不必回。自幼就被父亲严加管束，对儿子要求极高的钱父，能给予杨绛如此高的评价，这自然是钱锺书心中最值得骄傲的事情。

人生的未来，从此后将是两个人的方向。钱锺书前往上海光华大学任教，为两年后报考中英庚款资助的公费留学名额，而开始积累为期两年的社会服务经验，每个月有九十元的月薪。杨绛也在一段时间的准备之后，重新回到清华大学研究院外国语言文学部攻读，并以优异的成绩取得了每学期的奖学金。一对璧人，人中龙凤，一时羡煞旁人。

情爱的甜蜜，并非口吐莲花，而是字字珠玑。那个在别人眼中清绝高冷的钱锺书，于文字里，却是另一番意气风发，他认真地拟定为杨绛写的书笺为"奏章"，成为每封信必用的结束语，他已认定她是他一辈子的女神，高傲的心已然臣服。

一次，他又在信中落款又自称"门内角落"，令收到信的杨绛疑惑，连连请教了知识渊博的父亲和家里所有的人，也无人读过此典故，难以找到出处，她便急急地回信询问，收到信的钱锺书心里乐开了一朵花。

设下疑问，是他的爱情"三十六计"，不仅令才气横溢的杨绛另眼相看，还能让这个总是不热衷写信的小丫头，第一时间回信给自己。

他以"钱氏幽默"解释道:"门内"为英文"money"的谐音,翻译过来就是他的姓氏"钱",至于"角落"即"clock",则是中文的"钟"。

这个调皮的"门内角落"就这样,悄悄住进了杨绛的心门内,头顶光环的他甘愿只需角落之隅,居于此间一辈子。这小小的"远大"心思,暖了她的冰洁高冷,他来到了她的"门内",活泼好动的杨绛带他去了景色怡人的门外。

鸿雁锦书两翩跹

一九三四年春节，钱锺书从光华大学前去北京与杨绛相会，一并看望众师友。沿途春色，如水墨泼染新嫩鲜绿，美景流淌进他的脑海里，又以诗文娓娓道来，钱锺书一路上，共作诗篇二十二首，总题《北游纪事诗》。其诗中有云："泰山如砺河如带，凭轼临观又一回。"有"寝庙荒凉法器倾，千章黛色发春荣"，也有"分飞劳燕原同命，异处参商亦共天。自是欢娱常苦短，游仙七日已千年。"等等。

自订婚后一别，分离时光已是半年有余，再相见，双目相对，胜过万语千言，他们之间的默契相知，在春风里像一颗蓬勃的植物，长成了最茂盛的姿态，相依相偎，又各有风采。

钱锺书携手杨绛一同拜访了恩师叶公超教授，昔日的他曾是叶教授家中常见的座上客，他们之间的情意早已超越师生之间的范畴。当年，誉满清华的钱锺书，桀骜不驯又孤傲清绝，引来无数诽谤，那句"整个清华没有一个教授有资格充当钱某人导师"的谣言，击碎了这位得意门生在叶先生心中的位置。

钱锺书从不辩解，以文字为生命，生活，爱情，亲情，友情，师生之情，所有的情意都以文明志。他写诗给叶公超教授："毁出求全辨不宜，原心略迹赖相知。向来一瓣香犹在，肯转多师谢本师？"读着圣贤书长大的钱锺书，秉承着一日为师，终身为师的信条，虽才华超群，却从未将礼义廉耻抛之脑后。

他的痴，并非愚昧教条，而是对真情的感恩，他直言：四年校园岁月，全仰仗叶老师的信任相知，原心略迹，他怎么会如章太炎、周作人般，谢本师转多师呢？

那些落入尘埃的前尘往事，成为师生间情谊的升华，落座相谈甚欢。叶先生心中是带着一些介怀的，当时钱锺书不顾清华挽留，执意前往光华大学任教，曾激起了一众教授学者的怨言，对清华培育出来的精英人才外流，他们怀着惜才的惋叹，希望钱锺书能进研究所继续研究英国文学，为学校新成立的西洋文学研究所增加几分光彩，但耿直的钱锺书当面回绝。

关于京海两派之争，叶先生听到了钱锺书的看法，他说："亦居魏阙亦江湖，兔窟营三莫守株。且执两端开别派，断章取义一葫芦。"两所大学都是当时最有名的大学，各有所长又各有欠缺，与其固守一处断章取义地讴歌清华，不如到光华取长补短，才是学者的王道法则。

一席见解过后，叶先生对钱锺书能有此辽阔心胸和独到见解颇感欣慰，连连赞同。

他们又拜访了吴宓教授，和蔼宽厚的吴老先生在飞短流长攻陷钱锺书时，却并未有太多苛责的指点，他更深信自己看到的钱锺书并非以讹传讹中的不堪面孔。吴老说："学问和学位的修取是两回事，以钱锺书的才华，他根本不需要硕士学位。当然，他还年轻，瞧不起清华大学的现有西洋文学教授也未尝不可。"

在真正的学者面前，学识没有师生之分，只有惺惺相惜的敬仰和爱护，面对这份伯牙子期的情意，钱锺书的诗作如高山流水：褚先生莫误司迁，大作家原在那边。文苑儒林公分有，淋漓难得笔如椽。

诙谐幽默中依然带着辟谣的成分，当年的《中国评论周报》上曾发表过一篇以英文撰写的《学者与绅士吴宓》，将吴宓先生的脑袋比作炸弹，眼睛比喻成火红的煤球，众人又将这顶无形的帽子扣向了钱锺书，舆论不管如何不堪，他的钱氏幽默，依旧坦然淡定："大作家原在那边！"

先生看罢，同学相聚，相处几年的情意，在这春天的季节里英姿勃发，一向不沾白酒的钱锺书，也饮到酩酊，在那样欢快的时光里，唯有推杯换盏，筹光交错，才能表达这最朴实最畅快的欢乐。

直到从清华毕业，钱锺书也很少到过北京的一些游玩场所，只是一心沉浸做学问，杨绛带着他去了一些具有历史渊源的地方，小情侣的脚步几乎踏遍了北京的每个角落，在这座人文气息浓重，文化底蕴深厚的古老城中，最美的景色当属彼此的回眸浅笑与深情凝望。

相见欢，离别浅，相聚从来都是短。若一晌贪欢，再深情款款的情意随着时间流逝，终会坠落尘埃，以文留墨相赠，回味绵长写不尽的相思昼夜。钱锺书写下《记四月二日至九日行》的诗句："纷飞劳燕原同，异处参商亦共天；自是欢愉常短苦，游仙七日已千年。"杨绛回赠："久坐槛生暖，忘言意转深；明朝即长路，惜取此时心。"

他们是知音，是良友，是心灵相通的爱人，也是互相钦慕督促的灵魂伴侣。归程转眼在即，十几天的时间显得短暂如昨，走过了那么多的地方，看过那么多的人群，唯有这里的人最好，尤其是那位叫作杨绛的姑娘。

玉泉山上泉水清澈，浑然玉似的剔透，群山沉静幽远，相握的手牵着，坐在霭霭云雾里，风暖日定，仿佛两个人的天荒地老。就这样牵着手看细水长流，听叮咚泉水洒落萌动跳跃的心田，两颗心早已去了想要携手走尽的天涯。

> 欲息人天籁，都沉车马音。
>
> 风铃呶忽语，午塔闲无阴。
>
> 久坐槛生暖，忘言意转深。
>
> 明朝即长路，惜取此时心。

语言再有色彩，在记忆里，也比不上文字的力量。钱锺书在他们同游时，作下这首诗，也表达了他对杨绛一生一世的情深意长，明天将是我们一生要走的漫漫长路，愿今生今世两颗心都如此刻，相近相偎不分离。

第二天，钱锺书告别杨绛踏上归途，两个人的未来之路，刚刚开始，人生苦短，离别终究是为了永远的不再分离，于情于理，都大过儿女情长，深明大义不过杨绛，放手着钱锺书的抉择，只为了成就更好的彼此。

其实距离，才是情感的黏稠剂，越远离却并不淡薄，情感的浪潮反而越会日升月涨。都在奔前程的两个出色人儿，少了几丝闲愁，更多的是互相激励，成了爱情最美好的诠释：遇见你，我成了更好的自己。

珠联璧合执子手

钱锺书与杨绛

只诗白首时静好

二十几岁风华正茂的钱锺书，回到上海之后开始在大学老师和《中国评论周报》特约编辑、撰稿人的身份之间转换。人生有无数种模式，他认为文学更是没有任何框架的无限交流，站在讲台上侃侃而谈，与坐在书桌前游笔若龙，都是蓬勃如春。

在为学生们传授知识的同时，他也发表了许多篇学术论文与书评，对于他钟爱的古体诗也从未放下过，他将自己多年的诗词集锦于一九三四年秋，自费出版了自己的诗集《中书君诗》。

于他而言，这是文字在生命之初最美的呈现，不为功名不为利禄，只为将读过的书，走过的青春，安放在一本书里，与流年共岁月，那饱满的情感嫩似青芽，绮丽成诗词歌赋，读来别有一番清雅滋味。

推陈出新又见解得当，文风蔚蓝而深秀，一如杨绛对他的评价，才情茂盛又幽深秀丽，涌动着生机勃勃的才情。这本书吴宓先生给予了极高的认同，认为钱锺书这个横贯中西的学生，终是要凌驾众人之上，有更远的路要走，有更辉煌的未来要成就。

先生特题诗《赋赠钱君锺书即题〈中书君诗〉初刊》：

才情学识谁兼具，新旧中西子竟通。

大器能成由早慧，人谋有补赖天工。

源深顾赵传家业，气胜苏黄振国风。

悲剧终场吾事了，交期两世许心同。

知己的懂得，多过于师生之情，他只是想要写些诗词歌赋和自己的朋友共勉而已。钱锺书更是第一时间，将诗集寄呈给亦师亦友的石遗老人陈衍先生，这位当年的文学前辈，在对佳作给予了高度评价外欣赏之词不吝于表，并摘取了绝妙佳句收入《石遗室诗话续编》。

一边带着书生意气以外文系讲师的身份，捧着袖珍版的《牛津词典》侃侃而谈，一边忧国忧民地带着浓厚的爱国之心培育祖国的新一代。少年强则国强，这是一位学者具备的超人之识，不用刀枪剑戟，只在一字一句中，将满腔热血，终身抱负附予笔端：

造哀一角出荒墟，幽咽穿云作卷舒。

潜气经时闻隐隐，飘风底处散徐徐。

乍惊梦断胶难续，渐引愁来剪莫除。

充耳筝琶容洗听，鸡声不恶较何如。

那时的上海，从黎明到深夜都被呜呜的吹角弥漫，"国破山河在，城春草木深"的意境也在钱锺书心里长满了乱草。心潮澎湃，潮起潮涌间，文弱的钱锺书借诗抒怀："仿佛李陵听笳，桓伊闻笛，南屏之钟声，西陆之蝉唱。"若说话语慷慨激昂能宣泄一个爱国志士的满腔激情，那么，作为一个饱读诗书又生逢乱世懂的书生，以所学的典故表达自己内心的万般无可奈何，不但是一种处世之道更是一种休养生息的哲学理论。

钱锺书从来超然，彼时的中国已然不再存在陶渊明的世外桃源，但唯有入世出尘，才能更好前行。有年少气盛的同学常风，因不能舒展报国励志的志向，而落落寡欢，不无抱怨地说："有希望死不得，而无希望又活不得。"

时时现出轻生之意，他写信给同学们最为敬佩和信赖的老师钱锺书诉说心中的郁闷，钱锺书劝慰说：

惯迟作答忽书来，怀抱奇愁郁莫开。

赴死不甘心尚热，偷生无所念还灰。

升沉未定休尤命，忧乐遍经足养才。

埋骨难求干净土，且容蛰伏待风雷。

再多的诗句在这一刻，对一个心思沉重的青年来说，已经没有太多的功效，这不是一味猛剂的重药，却是滋润心灵的清流，钱锺书借胡适先生的话"且复忍须臾"给当时的旧中华，给所有需要敛神静气的祖国儿女。

斯时斯景，分隔两地的一对人儿，在这浓重忧郁的气氛里，许是思念无边。分离的时光，苦了鸿雁，磨淡了笔砚，写出了文字的百变千面。一面为山水，一面为长天；一面为昨日，一面为今朝；一面为光华，一面为清华；一面为相聚，一面又为分离，那么多的辗转，终于在一九三五年春天的中英庚款第三届的留学考试中，波沉水静。

那日会考，钱锺书一袭布衣笃定淡然地从二百多名学子中脱颖而出，二十五个名额中唯一的一个英国文学专业指标，被他握在手中。据那群西装革履的同学们议论，有许多想报考英国文学专业的同学，得知钱锺书也报了名，便纷纷自动弃权，在文学方面造诣颇深的他最终以87.95的高分胜券在握。

早在订婚时就暗自约定，要一起出国深造的钱锺书和杨绛将结婚事宜提上了日程，好久未回家的杨绛踏上了回南的列车上，为了给家人一个惊喜，她并未提前通知他们，窗外飞驰的景色掠过，杨绛却无心看风景，内心喜忧参半，这一去她再也不是父母身边的小女儿，从此后成为人妻，漂洋过海去往陌生国度，开始人生中新一轮的征程。

走进熟悉的庙堂巷，杨绛一步步走过几十间空荡冷清的大房间，眼前依稀晃动着当年父亲一手组建家园时忙碌操持的身影，想到这儿她鼻子一酸泪水模糊了双眼，兄弟姐妹们都离开了家，或出外上学，或在远方工作，再加上她这一走家中就只留下一双孤巢老人，这让从小就帮助父母持家的杨绛情何以堪。

"阿季，真的是你吗？"母亲惊喜的语调里带着愕然，继而朝屋里招呼："原来真的是我们的阿季回来了！"杨绛转身强颜欢笑地拥抱着母亲，回到屋里，她放下行李小燕子般轻盈飞快地跑到父亲房间请安。

早已欣喜从床上坐起的父亲乐得哈哈大笑："曾母啮指，曾子心痛，我现在信了。阿季，这就是第六感，有科学依据的。"杨绛这时终于明白了母亲刚才看到自己那一瞬的讶异，原来吃过午饭后父亲曾掀帘进母亲的房间找杨绛，母亲取笑他念女生幻，这不年不节也并非假日，女儿也没有发电报写信回来，家里怎么能找得到阿季呢？

一贯沉静的杨绛差点儿就掉下泪来，父女连心的杨荫杭笑着问，小阿季，是不是有什么喜事要回来给我们一个惊喜呢？听到女儿结婚后要随钱锺书远渡重洋出国深造，开明的父亲开心地说："我的阿季长大了，双喜临门是别家儿女盼也盼不来的好事成双呢，我们这做父母的当以此为荣。"杨绛依偎在渐老的父亲身边，被他深明大义的决断感动，她知道父亲心中虽然饱含了深深地不舍，但他更期望自己的阿季能展翅高飞，去迎接光明灿烂的未来。

离别前的时光温馨又喧嚣，父母前前后后忙着准备嫁妆，张罗前奔走后，到处一派喜气洋洋的气氛。旧历六月十一的晚上，家里聚满了被邀请来的姐妹、同学和女伴儿，父母准备了一桌丰盛的晚宴，按照当地风俗为心爱的女儿举办"小姐宴"，以此纪念阿季人生中待嫁闺中的美好时光。

微笑的杨绛默然不语地坐在桌前听着大家谈笑风生，姐妹们恭贺她不仅得嫁良人，还将比翼双飞去拥抱锦绣前程，嬉笑调侃间隐约浮动着伤感的情绪，那些一起走过的时光，成为人生中不可替代的美好时光。

后天，阿季将要成为新嫁娘，不再是那个有许多琐碎时间都能黏在一块儿的小姐妹了，这个夜晚，成为杨绛一生中都无法忘却的记忆，那时的父母健在爽朗，彼时的姐妹恍如从前。

一九三五年的七月十三日，旧历乙亥年六月十三，是钱杨双方父母拟定的黄道吉日，无锡城中炙热的天气仿佛就为等候着这对佳人，万里晴空，似火骄阳显得格外明媚艳丽，更加衬托出婚礼的热闹非凡。七尺场的钱家大宅里张灯结彩，人潮涌动，钱家本是无锡的名门望族，钱锺书又是长房长孙，这场婚礼极尽隆重奢华，锣鼓喧天里，亲朋好友满座，街坊邻里聚集，都在祝福夸赞这对珠联璧合、郎才女貌的璧人。

热闹喧哗的大厅里，有德高望重专程从无锡国专前来的陈衍老先生和唐文治，以及钱杨两人的几个同学，最为醒目又令人耳目一新的是杨绛的三姑母，这位致力于学术研究，受现代知识熏陶的女性，从苏州烟雨里走来的她却散发着十足的现代气息，身着白夏布旗袍和时尚的白皮鞋，洋气又扎眼。

杨家历代皆属书香门第，再经杨荫杭的开明家风，与钱家老派的传统旧式家庭形成了鲜明的对比，婚礼由钱父主持，征得了两位新人的意见之后，他们举办了一场中西合璧、独特新颖的婚礼，请来他们的"媒人"孙令衔做伴郎，伴娘则是杨绛的七妹。

迎接新娘进门时锣鼓喧天，婚礼仪式上，演奏的却是西式的婚礼进行曲，悠扬笼罩的音乐声中，清丽可人的漂亮新娘挽着玉树临风的新郎，端庄大方地接受着众人的祝福，一个是黑色礼服风度翩翩，一个是白色婚纱摇曳生姿，他们郑重地交换婚戒后在结婚证书上盖章，再换上中式礼服，再行夫妻拜堂之礼，新时代的一对新青年因爱情而步入婚姻，赢得了人们的欣羡。

云端里的神仙眷侣虽羡煞许多人，人们也丝毫感受不到促狭，在一片祥和美好的气氛中，不由分说地捉弄了一番钱锺书，烦冗又琐碎的婚礼仪式进行下来，钱锺书笔挺洁白的白衬衫领子已被汗水浸透。

后来杨绛在《记钱锺书与〈围城〉》一文中不无幽默地来了一次"情景再现"："结婚穿黑色礼服、白硬领圈给汗水浸得又黄又软的那位新郎，不是别人，正是钱锺书自己。因为我们结婚的黄道吉日是一年里最热的日子。我们结婚照上，新人、伴娘、提花篮的女孩子、提纱的男孩子，一个个都像刚被警察拿获的扒手。"

为了赴英之行，仓促择期举行婚礼，成了两个人一生中最难以忘记的深刻记忆。这一场如遭雨淋的婚礼下来，一对文弱的才女才子，由于体力不支病倒在床榻，本应"双回门"的日子只好取消延后，辜负了杨家父母精心准备的佳肴美酒，他们卧在床上苦笑，但心里却是清甜。

钱父钱基博对杨绛这个才华出众又清婉贤惠的儿媳极满意，婚后就将自己珍藏了多年的古董铜猪符赠给属相为猪的杨绛，以示长辈对下一代的深切关爱，聪颖的杨绛自然明白老人的一片苦心，自幼被一家上下捧在掌心里长大的钱锺书，尽管已风华正茂，但对于生活中的日常小事却茫然无措，将衣服前后颠倒地穿出来是常有的事，即便穿鞋子也是上了中学之后才勉强分清了左右脚。

自此后，他们远离故国本土前往异国他乡，只知道读书做学问的钱锺书自然是要托付给杨绛了。就这样，杨绛在钱家被"溺爱"了十多天后，身体康复良好的新婚小夫妻，一个离家去做出国前的培训，一个在小姑子的陪同下回娘家省亲。

一路上小姑子言语举止间透出微词不满，都是年轻女孩子，她自然明白一向被公婆宠爱有加的小姑子对杨绛的"横刀夺爱"的不满，胸怀虚谷的杨绛心如明镜，只是笑笑却并不计较。

在婆婆家知书达理赫然为新妇，回到娘家就显露出小女儿的"娇气"来，杨绛一到家就向母亲诉苦，婚礼上受到"百般折磨"的辛苦，而且还因此出了疹子，母亲心痛地赶紧带她去看医生，拿了大包小包的药回家，又忧虑她以后出门在外的艰辛，不禁感叹万分。

蜜月里的英伦记

犹记当年的清华大学课堂上，叶公超教授曾在众师生面前对钱锺书开玩笑："你不应该进清华大学，你应该去牛津大学。"那时，潜心研读的钱锺书浑然不觉自身难以掩饰的光芒，只是腼腆一笑继续低头读书。

几年后，当钱锺书一举拿下英国庚子公费留学资格，携着新婚缱绻的新娘杨绛前往浪漫迷人的异国英伦，不能不钦佩叶公超当年慧眼识人的魄力和眼光，也从另一方面验证了付出无限心血的莘莘学子不懈努力后，命运终将垂青眷顾。

新婚宴尔的小夫妻从无锡出发，乘火车去上海搭乘轮船，道别的站台承载不动离人的伤怀沉重，当火车缓缓停靠在苏州的月台，一向恬静的杨绛再也无法自抑，哭到泪流满面，哽咽难平。

都道故土难离，未曾阔别便已思念，若不是身边的钱锺书一直伴着，她真想跳下火车回家再看一看、抱一抱父母，与其说是冲动，不如说是一个女儿想将父母的慈爱欢颜铭刻内心，许是造化弄人，她与母亲这一别竟成永别。

从苏州至上海，一众亲朋好友前去码头送别，登船之际，大家相拥道别依依不舍，登上船舷须臾轮船起锚了，岸上的人看着船上的璧人走远，甲板上的璧人眺望越来越远的祖国，不停挥舞着的双手，互道再见。

轮渡巨蟒一般穿行在浩瀚的海洋上，海天一色的天边显得那么遥远，一切都远了，远成了一个真实的梦，所有人都已不见，只留相爱的人儿在身边，从爱情的虚幻唯美里，跌落到真切的现实，他们一起奔赴英伦，开始了相濡以沫的婚姻之途。

枕潮水起落，吹海风吟唱，日升月落间斗转星亦移，旅途也许对别人来说是枯燥乏味的，漫长无尽的航行仿佛无限拉长的省略号，较之于钱锺书与杨绛来说却是难得的良景，他们读书泼墨以文留香，闲暇里就到甲板上领略旖旎风光，在文人眼里万里行程似画，在爱人心中漫漫时光显得弥足珍贵。

这条轮船驶过了许多个地方，靠岸时恍然已是夏末秋伊始。下了船，小夫妻在金发碧眼的人流里感受着新鲜的人文气息，眼看来来往往的行人，耳闻语速飞快的英语，心中的血液多了几分兴奋，亦掺杂着忐忑不安。

杨绛后来写道："一九三五年七月，锺书不足二十五岁，我二十四岁略欠几天，我们结了婚同到英国牛津求学。我们离家远出，不复在父母庇荫之下，都有点战战兢兢；但有两人做伴，可相依为命。"

但也并非从此不见黄皮肤的人，这茫茫然的偌大伦敦还有钱锺书的堂弟钱钟韩。当这个已在伦敦大学理工学院读了两年研究生的学子，见到兄嫂时喜不自禁，当即联系了也恰在英国的钱中英，即钱锺书的弟弟。

阔别多年，唯相聊言欢才能一解胸中的想念，异国他乡再聚首，彼此间都有了成长与变化，尤其钱锺书刚刚完婚，增添了更多的快乐和喜庆，他在诗里写道：

> 见我自乡至，欣如汝返乡。
>
> 看频疑梦寐，语杂问家常。
>
> 既及尊亲辈，不遗婢仆行。
>
> 青春堪结伴，归计未须忙。

诗词读来是满满的意气风发和对未来的无限畅想。初来乍到的陌生感，已在兄弟们的相见里，消散不见。他们一同游览了大英博物馆和当地著名的几个画廊，伦敦虽好，也只是路过。

小住观光几日后，他们便直奔泰晤士上游河畔的牛津城，漫步在美丽的牛津街头，两个人不由想起了吴宓先生游学欧洲时，曾作的诗篇：

> 牛津极静美，尘世一乐园；
>
> 山辉水明秀，天青云霞轩。
>
> 方里集群校，嶙峋玉笋繁；
>
> 悠悠植尖塔，赫赫并堞垣。
>
> 桥屋成环洞，深院掩重门；
>
> 石壁千年古，剥落黑且深。
>
> 真有辟雍日，如见泮池存；
>
> 半载匆匆往，终身系梦魂。

看着曾在画册和书本里熟稔无比的叹息桥、鹿园，和诸多异域风格的古老建筑，那极富格调的历史圣地和文化气息让两个人耳目一新，对艺术的崇敬使他们不禁俯首膜拜。

这里是举世闻名的大学城，底蕴丰厚，古朴庄重，人文与历史交融相汇，素来有"英伦雅典"的称誉，牛津大学是英国最古老的大学，在政治、历史、文学等方面都占有独特的领先地位，先后培养出大批的哲学家、政治家、科学家和文学家。

还未开学的牛津大学敞开宽厚古朴的怀抱，迎接远道而来的学子，已由官方安置妥当的钱锺书顺利入学，在艾克赛特学院攻读文学学士学位，而陪伴夫君前来的杨绛，也开始接洽入学事宜，自费生需要办理的手续极其烦琐，一心想攻读所钟爱的文学专业名额已满员，她只能悻悻地选择了历史。

杨绛曾说："假如我上清华大学外文系本科，假如我选修了戏剧课，说不定我也能写出一个小剧本来，说不定系主任会把我做培养对象呢。但是我的兴趣不在戏剧而在小说。那时候我年纪小，不懂得造化弄人，只觉得很不服气。既然我无缘公费出国，我就和锺书一同出国，借他的光，可省些生活费。"

事实表明退而求其次的专业抉择，并未影响资质翩然的杨绛在文学方面的造诣。

牛津博德利图书馆堪称世界上历史悠久的一流图书馆，藏书极其丰富渊博，英国著名的书业公司自莎士比亚时期起始，就承担了向它们捐赠新书的义务，馆中的各地主题图书馆交鳞栉比，与博德利馆及地下书库交相辉映，相得益彰。

钱锺书沉醉在浩瀚渊博的图书馆里，蜕变成一只"贪婪无度"的蠹虫，钻进书籍里无处不在地"啃噬"，妄图将那么多，那么多的知识都"纳入囊中"带回祖国。

从清华大学到牛津大学的迁徙，也将他的知识面从单一的古典文学扩大到世界各国的文学范畴，其间，钱锺书不仅涉猎了大量的西方诗歌、小说还迷上了侦探类小说，以"惊心动魄"的心跳去调节沉静的脑细胞，不得不说这是一种聪明的读书方式。

他的阅读书目包含了具有里程碑纪念意义的英美诗歌《荒原》，以支离破碎的语言打破规范的托马斯·艾略特的作品；和马塞尔·普鲁斯特的意识流长篇巨著《追忆似水年华》，以及英国作家乔伊斯的《尤利西斯》，还有康德、黑格尔、克罗齐等哲学、心理学的经典作品。

他最爱看福尔摩斯的侦探故事，常常看得杨绛做好饭喊了几遍也不往桌前坐，看到精彩处又断喝击掌，令杨绛不觉哑然失笑间渐渐习以为常。在英国牛津的那段时光，到底读了多少书，连他和杨绛也无从记得，即便去图书馆专门统计，也是要耗费一番功夫才能找到答案的吧，但那也不是最终的答案。

钱锺书名为默存本无须言明，他读过的书，都在虚无的光阴里划过，却不留痕迹，只刻在脑子里，默然存放智者之胸怀浩荡，连岁月也难以计算。面对书的钱锺书胃口是极好的，他将博德利图书馆戏译成"饱蠹楼"，废寝忘食怕也不足以形容他读书的痴迷，唯有在他戏谑的"钱氏幽默"里才能感受到一二分之狂热。

在书里的钱锺书是有羽翼的，尽可以自由自在地飞翔，但脱离了精神回到现实里，初到异国的他就被古老神圣的牛津神采深深折服，虔诚地"匍匐在地"。杨绛回忆："他初到牛津，就吻了牛津的地，磕掉大半个门牙。他是一人出门的，下公共汽车未及站稳，车就开了。他脸朝地摔一大跤。那时我们在老金家做房客。同寓除了我们夫妇，还有住单身房的两位房客，一姓林，一姓曾，都是到牛津访问的医学专家。锺书摔了跤，自己又走回来，用大手绢捂着嘴。手绢上全是鲜血，抖开手绢，落下半枚断牙，满口鲜血。我急得不知怎样能把断牙续上。幸同寓都是医生。他们教我陪锺书赶快找牙医，拔去断牙，然后再镶假牙。"

杨绛又说："锺书常自叹'拙手笨脚'。我只知道他不会打蝴蝶结，分不清左脚右脚，拿筷子只会像小孩儿那样一把抓。我并不知道其他方面他是怎样的笨，怎样的拙。"

笨手拙脚的先生与聪颖灵秀的小姐，般配起来的生活，也是英国之行的乐趣，钱锺书有惊无险地丢了一颗牙，就像小孩子掉牙是长大的标志一样，这是他成家之后逐渐走向成熟的一个具有象征性的可爱标志。

"黑布背心"情结

十月的牛津学府，有了喧嚣的气息，钱锺书入学后领了方顶帽子和黑布背心，穿戴好后融入了治学严谨又刻板静穆的规划课程中，许多诸如"版本与校勘"一类的古文字学课是相当枯燥乏味的，钱锺书提不起丝毫兴致。

因此他就任性地不参考相关的教科书，甚至也不愿去听类似的课，但他还是凭借着深厚的英文功底，渊博的文化知识，每门课程都成绩优异。只有一门"英国古文学"课失策了，原因在于考试时，不但要答卷正确，老师还要辨认学生平时学习和总结的手稿。

虽然钱锺书读书向来都擅做读书笔记，但对于无感的课程他也没有应付的习惯，因此压根没做准备的他，这门功课是不及格的，后来在杨绛的劝慰下，钱锺书临阵恶补再上考场，终于顺利通过，每天沉溺文学书籍的他自叹，这次算是在牛津大学唯一一次的"用功刻苦"。

杨绛选择了在牛津大学旁听，去女子学院攻读历史系学费高昂，不仅会为家庭造成负担，而且还会不方便照顾钱锺书，尤其"磕门牙"事件已经在她心里留下了一丝阴影，不知道这个书呆子一个人生活还会再出现什么样的状况。

　　她在文字中记述："我爸爸已经得了高血压症。那时候没有降压的药。我离开爸爸妈妈，心上已万分抱愧，我怎能忍心再向他们要钱？我不得已而求其次，只好安于做一个旁听生，听几门课，到大学图书馆自习。"

　　做事向来条理清晰，有计划有章程的杨绛，在牛津的几年里，勤奋苦学，择定了许多经典课程旁听，并一丝不苟地做了课堂笔记，余下的时间就泡在"饱蠹楼"，在清华时文学写作方面就已崭露头角的杨绛，面对藏书丰富的图书馆她感到牛津的光阴闪着奇异的光芒，那是知识的光辉在召唤。

　　杨绛知道自己不能懈怠，她给自己制定了阅读表，按照表上罗列的书一本一本地读，并做了相应的读书笔记，那是她的天堂，宁静而恬淡，长占一席靠窗的座位，认真品味一本本书籍。

　　每当她抱着书本从图书馆走出来，步履匆匆地行走在牛津大学，那些身着黑色背心的学生似一朵朵翩然而过的云朵，点缀着牛津的每个角落，成为一道无与伦比的风景线。

　　从小到大历来成绩出众的杨绛，心里生出羡慕之情，旁听生是没有黑色背心可以穿的，想想年迈的父母肩上还担着一家人的重任，杨绛安奈心中的不甘，这个心高气傲的女子有太多的不忍。

　　当初为了陪钱锺书赴英学习，她与导师商定以论文形式提前结束还有一年多的清华课程，委屈自己成全家人，是杨绛的深明大义。

　　然而，二十三岁的她毕竟还是个憧憬未来的青年，一颗玫瑰色的少女心，有太多的唯美幻想，即便只是件毫无亮点的黑色背心，却蕴含着她的梦想追求，得以见证她曾走过的岁月和取得的成就。

因此杨绛分外宝贝钱锺书的黑背心，那是她藏在心中的牛津大学梦，她说："我看到满街都是穿学生装的人，大有失学儿童的自卑感，直羡慕人家有而我无份的那件黑布背心。"。

经年之后的二〇〇三年年初，国家博物馆筹备百年留学历史的文物展，杨绛先生除了提供出当时与南洋公学留学生的合影，还送出了这件黑背心，多少年沧桑辗转，经历过烽烟战火，漂浮如萍的家，搬了又搬，这件背心依然被保存得完好无缺，其分量可想而知。

它也许是杨绛一生的遗憾留念，最后这件黑背心被收藏于国家博物馆。

夫妻俩在牛津大学的两年内，除了必修的课程，余下的时光都奉献给了图书馆，他们阅读范围非常广泛，不仅仅局限于文学作品，关于哲学、心理学、历史等方面的著作，他们也甘之若饴地诵读学习。杨绛的外文阅读能力和文学知识功底在这里更加扎实了，这为她之后的文学创作提供了很好的基础。

牛津大学就像一个放心不下自家孩子的老妈妈，明文规定凡是在校学生每周至少必须要保证到学校食堂就餐四到五次，以此证明学生确实在校住宿，没有借故长时间离开牛津大学。大家都戏谑地说，在牛津，吃饭比上课都要来得重要。

然而学校的伙食费相对这对留学生夫妇来说是有些贵的，好在钱锺书赴英是与妻子杨绛一起来的，有家眷相随他每周在学校食堂就餐的次数被赦免到每周两顿，钱锺书不无幽默地说，获得文科学士学位后，再吃两年饭，就是硕士，再吃四年饭，便是博士。

在牛津，他们虽然没有如日中天的名气，依然结交了不少文人学者，一个叫作C.D.Le Gros Clark的法国人，出版《苏东坡赋》时，还特意请钱锺书写了序文。

后来，为了表达谢意，他还专门偕夫人从巴黎赶来牛津相会，请钱锺书夫妇共进晚餐。那一日，他们穿了隆重的礼服，赶到有名的圣乔治大饭店赴宴，席上的他是风度翩翩的绅士，她是小鸟依人的淑女，两对夫妇谈笑风生，宾主尽欢。

牛津大学治学严谨，每学年三个学期，每学期八周，剩余的六周皆为假期，上满一学年后更有长达三个月的暑假，学校的中国留学生大多是极其闲散的贵族子弟，日常里只将玩闹当作消遣时间的方式，至于读书反而成了本末倒置的镶嵌花边，只有在考试的前夕才会认真地抱一次佛脚，之后的学业依旧草草了事。

这样的行为还不算是最恶劣的，有纨绔的公子会经常喝醉了打架闹事，来挑衅校规的森严。独有钱锺书夫妇，在牛津上学期间呈现出的儒雅潜读态度，成为导师们心目中东方人的典范。导师们还会时而邀请两位好学生到家里喝茶。

假期是学子们的放松时间，然而钱锺书夫妇依然如饥似渴地沉浸到书本里，两人商议只在每年的暑假出去走走，英国的风景美到绚烂，但无法比拟书籍在他们心目中的美妙，风景只是记忆中一瞬而逝的影像，文字却浸润灵魂成为永恒不更的世界。

两个人在学校里将丰富的十八世纪以及之前的典藏读遍后，又跑到市图书馆里寻找十九世纪和二十世纪的书籍，借书的期限只有两个星期，他们就乐此不疲地像两只搬运食物的小蚂蚁，不停地在搬运和饱食之间，往返来回。

读的书在脑子里积累升华提炼出精髓，两只小蚂蚁就碰碰触角，交流贯通，钱锺书最爱将好看的书，给妻子看，他们之间的默契无须征求更不用猜测，相互的喜好偏爱，彼此都了然于心，杨绛说："我们文学上的'交流'是我们友谊的基础。彼此有心得，交流是乐事、趣事。"

字字珠玑自有光芒闪烁，他们忘我而专注，偶尔会在书香里，拉回目光片刻交汇后，又沉迷书海。时间流过去，温润而轻软，折叠成一帧书签，夹在光阴的罅隙里，留下一段又一段的安然。

两人居住的金家，环境非常优美，房东特地将他们安排在了一个打开窗户就能看到花园的大房间，并且每天提供四餐，就连房间也是由房东派人来收拾打扫，杨绛作为旁听生也少了固定的课程安排，留学生活不只是无尽的学习，新婚宴尔远渡重洋来到英国的文艺小夫妻，生活是美好安逸的。

夫妻俩每天都会手牵着手来一次小小的约会，到陌生又整洁的街道上到处走走，呼吸纯净新鲜的空气，那些具有异域风情的建筑和景致，每次都会给他们不同的新奇感受，童心未泯的两个人每次都要"开辟"没走过的路去探索，在一条路的转角或一条路的尽头都会遇见的新风景，令两个人欣喜若狂。

那些经过的大街小巷、闹市郊区、公园教堂，还有一个个学院的大门，都被他们一一设定为书中的风景，他们还会边走边猜测形形色色的行人的身份，将他们一一安插进虚构的小说情节里，甚至还将他们想象成了那些不同类型房子里的主人或仆人，在语言的叙述中变幻成不同的故事。

牛津的童话生活

他们安于优美的牛津小城，为远离喧嚣浮华而欣慰，清雅古朴的景色，吻合了夫妇俩一直追寻的宁静气息，成为灵魂栖息的绝佳之地。。

这一段童话般的记忆，住在了彼此的心中，像一树繁花，总是簌簌地落下芬芳柔软的花瓣，温馨甜美的好时光，令人难舍难离，那些英伦风的大街小巷，和热情好客的英国人，像亲朋好友般铭刻在了生命里。

杨绛说："牛津人情味重。邮差半路上碰到我们，就把我们的家信交给我们。小孩子就在旁等着，很客气地向我们讨中国邮票。高大的警察，戴着白手套，傍晚慢吞吞地一路走，一路把一家家的大门推推，看是否关好；确有人家没关好门的，警察会客气地警告。"

莫问故乡情，只做异乡客，这终究是残忍的，生活在别处的杨绛，心里被父母的影子占满，就将思念化作文字一封封托付给鸿雁，飞越千山万水。迢迢递递往来，天空里布满了亲情的温暖，父母的叮咛询问，弟妹们调皮可爱的小字条……一个远离故土的女孩，在无数个夜里品咂回味，那心里微微的清苦，就泛出淡淡的甜来。

钱锺书在妻子读信的时候就凑过来，看到他们之间的互动和亲密，与自家严谨古板的氛围形成鲜明对比，心里不免想起父亲偶尔的来信，满是一贯的谆谆教导，心里落差极大，就争着给杨绛读岳母的来信，还自告奋勇地代妻子撰写家书，即使有时杨绛写了，他也要调皮地再补上一段，杨绛就柔软地笑着，看着这个孩子般的丈夫认真地在纸张上写字。

下午茶在英国人的生活里，是很重要的一段时间档，他们将人情往来的社交，融入了香浓惬意的茶香里，钱锺书和杨绛也爱上了那美好的味道，就试着向资深的同学讨教泡下午茶的方法，经过多次实践才得要领。

要先把茶壶温好，冲泡时茶叶量需按人数酌情增减，每人要保持满满一茶匙茶叶，四人喝茶用五匙茶叶，三人用四匙，以此类推，饮茶间一次次加开水也无妨，茶总够浓，味道总够醇厚悠长。

一杯杯水滑香醇的牛奶红茶妥帖地俘获了钱锺书的胃，他每天的生活渐渐从一杯牛奶红茶里开始，从此后成了戒不掉的习惯。钱锺书喜欢在下午茶时间和一些志同道合的朋友坐在一起玩儿文字游戏，他们来牛津之后结识的俞大缜、俞大姻姐妹，向达、杨宪益等留学生，成了家中常客，大家一边喝茶，一边交流学习，谈谈生活。

其中，向达成为了他们家的常见"茶客"，两个人每每坐在一起，就嘻哈打趣，生性孩子气的钱锺书将年少时插科打诨的伎俩，搬了出来作成打油诗，前两句便说他"外貌死的路（still），内心生的门（sentimental）"，向达看了那些搞怪稀奇的诗句，不但不生气，反而也对上几句，与钱锺书笑闹。

向达和钱锺书，可谓知己，亦可说是臭味相投的损友，他常常也会不甘示弱地讥讽钱锺书："人家口蜜腹剑，你却是口剑腹蜜。"杨绛曾这样说："能和锺书对等玩的人不多，不相投的就会嫌锺书刻薄了。我们和不相投的人保持距离，又好像是骄傲了。我们年轻不谙世故，但是最谙世故、最会做人的同样也遭非议。锺书和我就以此自解。"

文字的懂得，当是浩渺文海中渺茫的相逢，惺惺相惜的知己，之于彼此，是你不说我却懂，至于别人界定的刻薄，不过是肤浅的评价罢了。

牛津大学有位驻院研究员，专门研究庄子哲学，他有个叫作博定的富翁哥哥想设立汉学教授学教授职位，就邀请钱锺书夫妇到家中喝下午茶，无比傲慢地以高新聘请钱锺书做他弟弟的助手，劝他别将微不足道的庚子奖学金放在眼里。耿直的钱锺书儒雅得当地拒绝了他的盛情，一个骨子里将国家视为生命的学者，在金钱的诱惑面前不为所动。

后来，回国之后，杨绛遍寻不见正宗的印度红茶，她就慧心独具地买来各种红茶，为丈夫悉心调配，在滇红的香醇基础上，加入湖红的清苦，再取祁红的鲜美色泽，这样的茶不仅有英式下午茶的风味，也兼容了中国茶的色香味。

如此杨绛风情，如此红茶味道，成为钱锺书不渝的深爱，在这平淡流年里，描摹出红尘最美的相濡以沫。

日子舒缓地走着，他们住在老金家时日久了，感到不便来，一大间房子两人共居，既是书房又做起居室，显得急促又狭窄，尤其是公用的卫生间和浴室时常会遇见一些尴尬，最令杨绛无法忽视的是饮食遵从中餐的钱锺书，不肯吃干酪、西餐一类的食物，杨绛便把他喜欢吃的省下来，但这根本满足不了钱锺书的肚子。

本就是娇生惯养出来的少爷，怎堪这样的待遇，钱锺书的脸色在营养匮乏中变得面黄肌瘦，杨绛心疼得不得了，况且她非常珍惜读书的宝贵时间，平日里钱锺书的朋友或者同学来家拜访，济济一堂，或高谈阔论，或吞云吐雾，嘈杂声响和浓浓的烟草味，充斥在不大的空间里，然而她又无处可去，只好跟着应酬，不觉间规划好的时间就浪费掉了。

杨绛在心里暗下决定，要找一套大点儿的房子，她就趁钱锺书读书的时候，一个人悄悄溜出去找房源。在异地找房子，就好比找伴侣般不易，不是这一家居所偏远，就是那一家房租昂贵，超出了她精打细算的范畴。

本来就没同钱锺书商量的杨绛，看了几次房子不中意之后，心里满是沮丧，却在一次两人散步途中，看见牛津大学附近的一座三层洋楼墙上贴着的招租告示。等一个人时，她又抽时间跑过去，却发现告示已经不见了，但她还是敲开了大门，房东达蕾女士在杨绛的叙述中听明白了她的来意，又谨慎地将杨绛从上到下打量一遍，还事无巨细地问询了一番，才放心地带着她登上二楼。

一进房间，杨绛就被舒适的卧室和宽敞的起居室征服，当她加快脚步走到大大的阳台上，眼前映入大片青青草地，开阔的视野顿时令人心旷神怡。她又到专用的卫生间仔细查看，浴室里加热洗澡水的是一个盘旋的水管，看得出来年代久远，水需要经过盘旋的管道加热，流出来的才温暖。

取暖需要用电炉，做饭也是电灶，而且厨房很小，条件略显简陋了些。心怀诗意的杨绛，最心动的地方在于，这套房子与其他房间是隔离开的，可以从花园的小门上下出入，想象着每个晨曦微露的清晨，轻快地在花园里摘取几朵玫瑰，捧到房间插进花瓶里，在溢满清香的空气里，读书写作，她的心就长出了翩跹的翅膀，欣喜地认定这就是自己要找的合意居所。

仿佛这套房子就在等着杨绛来居住似的，不仅环境幽静，而且过了街便是学校，距离图书馆也相当的近，当她迫不及待地问清了一系列的租赁条件后，不禁拍手称快，更重要的租金问题，也是十分合适，杨绛与钱锺书默契相知，她知道自己的丈夫一定会非常喜欢这套新寓所。

　　当钱锺书兴高采烈地在房间里东看西看，杨绛开心地笑了，夫妻俩当即就与达蕾女士签下租约，并在老金家过完圣诞节后，就搬进了新寓所，他们终于有了属于自己的小家，私密又温馨的空间。对一对初涉婚姻的小夫妇来说，新房子既有甜美温馨又有一缕忧虑，除了房子租金和日常花费高了之外，杨绛之前几乎没有下过厨房，为安抚丈夫在异国的味蕾，她下定决心学习做饭，并力争做到色香味俱全。

有爱不觉天涯远

钱锺书与杨绛

两人共筑小爱巢

从爱情过渡到婚姻，昔日水晶鞋的光芒悄然隐退，取而代之的是红尘里耐穿的布履，正如钱锺书所说："婚姻就像是穿在脚上的鞋子，舒不舒服只有脚指头知道。"这双舒适的鞋子，令这对文坛巨匠，坚定又从容地走过了一辈子。

尽管是客居，搬家那天两个人也在琐碎中忙碌了将近一天，来时候的几只旅行箱在一天天的日子里，增添许多杂物，东西自然也是不少的，新居室那一排考究的衣橱里，挂上两人的所有衣物。杨绛充分地利用起抽屉的收纳性，将琐碎的东西都井然有秩地放好，房子大了些，储物空间充足，小两口搬过来的东西，都被摆放到合适的位置和地方。

午后的房间温馨宁静，他们忙忙碌碌，整理书籍，不知不觉暮色涌上来，两个人才感觉到肚子在咕咕叫。并没有具体过日子经验的两个人，有些手忙脚乱，因为之前从未做过饭，厨房里必备的电灶、电壶、刀叉、盘碗、碟子等，都是从达蕾女士那里租来的。

华灯初上时，两个五指不沾阳春水的夫妇，一起在厨房里，研究使用电灶电壶，用很长时间才烧开一大壶水，做了简单的晚饭，并郑重地用那些精致的餐具，吃了新寓所的第一顿晚餐。一天忙碌下来，钱锺书疲惫地倒在软软的大床上酣然入眠，杨绛却在黑暗中睁着眼睛思索良久。

新的生活，并非书里那般如诗如画的，现实里的柴米油盐酱醋茶，是要谋划妥善的。第二天清晨，杨绛是在幸福甜蜜中，微醺醒来的，她无论如何也想不到，从来衣来伸手、饭来张口的丈夫，竟然起早为她做了一顿温润肺腑又贴心的早餐。

率先醒来的钱锺书，蹑手蹑脚地爬起来，走进厨房笨手拙脚又细致认真地庖厨，煮了"五分钟鸡蛋"，热了香浓牛奶，烤了甜绵的面包，还加了黄油、果酱、蜂蜜，并特意"卖弄"了一下刚从同学那里学来的手艺，冲沏了又香又纯的红茶。

钱锺书并非只是埋头读书的痴人，他极有情趣地用带短脚的饭盘把精心准备的早餐端到了爱妻床前，丰盛的美食和着温暖流淌的阳光，在盘子里散发出醉人心扉的红尘烟火气息。杨绛喜滋滋地戏谑："我便是在酣睡中也要跳起来享用了。"这句话，从字里行间怕是要滴出蜜来，甜蜜幸福的爱情与平淡的日子融合起来，真正让这个小女人，满足而知足。

杨绛后来如是写道："我们一同生活的日子——除了在大家庭里，除了家有女佣照管一日三餐的时期，除了锺书有病的时候，这一顿早饭总是锺书做给我吃。每晨一大茶瓯的牛奶红茶也成了他毕生戒不掉的嗜好。"

书香如棉绽放于尘世里的烟火气息，妇可红袖添香，夫又互为蓝颜与知己，这样的日子，接近完美。

日子如常，生活再添新意，这所新居更像是他们心目中真正的小家。

他们先熟悉了周围的环境，再选择必需的日常吃穿用度。他们转遍了四周，选了家食品杂货店订购面包和牛奶，这样每天尽可静待刚出炉的面包和新鲜牛奶送到家里，他们又在去图书馆或闲暇散步时，顺便挑选鸡鸭鱼肉、瓜果蔬菜以及所有的生活用品，届时店家那个可爱的男孩子便会把食品送到家门口。

热情好客的店主，非常欣赏这两个黄皮肤黑头发的亚洲夫妇，钦佩敬仰他们举止言谈间散发出的书卷气，给予他们特殊待遇，不仅仅只是把他们当老主顾看待，还特许夫妇俩每次选购食品，不用当场付款，可以满两个星期把账单结清一次就好。每当店里进了新鲜东西，总会专门提醒他们，当他们选了陈货，店主还会无私善意地告之："不要选陈货，过一两天进了新货再让人给你们送。"

就这样，他们拥有了新鲜好吃的食材，只是两个从没有做过饭的年轻人，还有很多事情要学要做。

心仪的寓所，新鲜的食材，和友善融洽的邻里，使两个从来只会读书的年轻人，生出安稳之心，即便是一切从头开始，但还是信心十足。从此后，庖厨在他们的生活里增添了读书之外的新乐趣。

小小的厨房里，杨绛洗手做汤羹，钱锺书甘当帮厨，照着食谱研究做菜，钱锺书喜欢吃红烧肉，他们就酝酿计划着做第一道美食。杨绛从未做过红烧肉，他就请教其他中国留学生，大家都是青年人，很少有做饭经验，就各抒己见发挥无尽想象，凭着记忆中的味道，纷纷出谋划策。

两个人别出心裁地将买的肉，用剪子剪成一块一块的，打开电灶将电力调到合适的温度，丢进锅里使劲煮，看着汤煮干了就再加水，只是这反复烹煮后，夹起一块，咬了口并没有香糯油香的口感，反倒像极了百煮不烂的"牛皮糖"。

首次制作美食失败后，杨绛就仔细回想在家时，母亲做橙皮果酱时是用小火慢熬炖煮的，也就是书中所谓的"文火"，变通之后，她笃定地认为做红烧肉，一定是要用文火慢炖的，她还专门买了瓶本地的雪莉酒替代国内的黄酒用，再次精心尝试后，红烧肉做得很是美味，锺书吃得满嘴流油，酣畅淋漓。

杨绛笑着说："我们搬家是冒险，自理伙食也是冒险，吃上红烧肉就是冒险成功。"从此后，她摸索总结出一条真理，无论是鸡肉、猪肉还是羊肉，但凡肉类，都要以做红烧肉的方法依法炮制，文火慢炖，就能做出酥烂可口的美食。

随着经验的累积，杨绛还发现许多食物白煮也很是好吃，刚开始，她只是试着把蔬菜煮着吃，一次她站在电灶旁，脑子里不由浮现出以前看母亲炒菜的情景，便追寻着记忆里的步骤炒起来，味道竟然非常好，至少要超出煮青菜的味道，学会炒蔬菜是一份意外的欣喜。杨绛自诩还是有做煮妇潜质的，就像那次，杂货店店员送来一些扁豆，他们没弄明白吃法，边剥边抱怨壳太厚、豆太小，剥着剥着杨绛突然惊觉，这扁豆壳是可以吃的，于是杨绛就切好了直接焖煮烧制，味道非常不错。

有天他们买了活虾，杨绛以"内行"人的认知断定，得剪掉须须和脚，才能进行烹煮。她小心翼翼地拿着剪刀剪了下去，手里的活虾开始抽搐蹦跳，吓得她扔了虾跑出厨房，对丈夫认真地讲："虾，我一剪，痛得抽抽了，以后咱们不吃了吧！"小女生似的话语逗乐了钱锺书，他安抚着妻子讲了一番道理，虾还是要吃的，它的反抗并不是你认为的那样痛苦。

小日子就在读书，庖厨的转换间，越发的有声有色。不但饭菜养回了钱锺书的好脸色，夫妇俩还增添了更丰富的生活经验，杨绛更是戏称自己"由原始人的烹调渐渐开化，走入文明阶段"。这样安逸美好的生活，让钱锺书有了淘气的闲情，就趁着杨绛午睡时，用浓墨往她面庞上画花脸。

后来，杨绛回忆说："他醒来见我睡了，就饱蘸浓墨想给我画个花脸。可是他刚落笔我就醒了。他没想到我的脸皮比宣纸还吃墨，洗净墨痕，脸皮像纸一样快洗破了。以后他不再做恶作剧，只给我画了一幅肖像，上面再添上眼镜和胡子，聊以过瘾。"

两个人从此走进了凡尘里，从脱俗的精神境界，走进另一番烟火红尘的美好中，原来生活是由一些小笑料、小情趣、小烦恼组成，一九三六年初春的早晨，杨绛送钱锺书出门去上课，转身要回屋时一阵风刮来，门就"咣当"一声紧紧地合上了，她的额头冒出汗来，要知道钥匙还在屋里放着。

如果找锁匠费用不会低，最重要的是她只是送丈夫出门，身上并没带钱。杨绛就下楼去花园里找工具，巡视一遍后，她从园丁那里借来了修剪树枝用的长梯，轻灵敏捷地爬上了阳台。站在空中，她细细观察了阳台上那扇厚厚的木门，想要从门框镶嵌玻璃的小横窗钻进去，无奈尝试之下，横窗太高她再怎么努力也够不着。

杨绛控制好情绪，站在阳台上放置的木箱顶，一蹬一侧蹿，左手便搭上气窗下沿，脑袋顶开气窗，上半身顺势也钻了进去，下半身就不由自主地掉了下去，到底是怎么跳进去的，她稀里糊涂地也没搞明白，就成功地钻进了屋子。

她开心地跑进客厅，像再次寻回丢失的宝贝般，将放在桌上的钥匙串，拴在了身上，早已忘记刚才有惊无险的经历。钱锺书下课回家，他们在餐桌上谈起了刚才的"惊险"，吓得他拉起杨绛，上上下下地检查了一遍，才放心地开始吃饭，杨绛却沉静平静，好像什么事都没发生过似的。

两个读书人，在生活里摸索前行，难免闹些小笑话，但也增添了很多乐趣。生活的乐趣是要以时间的消耗为前提的，做饭的尝试虽妙趣横生，却也占用了许多杨绛读书的时间，她就孩子气地对钱锺书说："假如我们不用吃饭，那生活就算得上唯美轻松了。"

钱锺书笑着反驳道："我是要吃的，神仙煮白石，吃了久远不饿，多没趣呀，我不羡慕。"丈夫这一句诙谐幽默的话语，让杨绛觉得自是有道理，便乖乖地又去做饭了。

第一学年结束时，他们在假期去了巴黎，经过咨询，一同注册了巴黎大学，这所大学不同于牛津大学，并不强制住校，两个人更是具备了学校要求的学习经历，因此，他们在牛津大学读书的同时，也已经在巴黎大学注册。

身在巴黎的弟弟钱锺韩，利用暑假骑行前往德国和北欧旅行，没有了这个讲解生动的向导，他们只好继续两个人的"探险"，从寓所沿着路线到海德公园，再到托特纳姆路的旧书店，从动物园到植物园，从西头的富人区走到东头的贫民窟。

时间却并不允许他们详细领略法国风情，先是钱锺书接到了政府当局的电报，派他以"世界青年大会"代表的身份去瑞士日内瓦开会，接着杨绛也被一位住在巴黎的共产党员邀请，成为"世界青年大会"的共产党代表。这样的巧合安排，还好没拆开夫妻俩人的旅行，两人一起去了日内瓦。对此，独立又睿智的杨绛认真地强调："我和锺书同到瑞士去，有我自己的身份，不是跟去的。"

开会期间，每场重要会议，他们两个都必须参加，但是也有可以溜的会议，两个人就调皮地逃开了，继续暂时被搁浅的未知"探险"。两个天马行空的人，无意间走上了一条坎坷狭窄的山路，高低不平的脚下，一路延伸到了莱蒙湖边，夫妇俩兴奋地加快了速度，想要绕湖走上一圈，但越走湖面越宽，根本没有足够长的时间和体力把计划实现。

直到大会落幕后，二人又再次回到巴黎尽兴地玩了将近两个星期，才返回牛津。当今人，对人生的完美设想里，包含了一次奋不顾身的爱情和一次说走就走的旅行，那时的钱锺书和杨绛就将浪漫玩到了极致，可当之无愧为时尚典范。

已经积累出生活经验的杨绛，在放假之前，已经跟房东沟通好，如果有条件更好一些的房子，希望房东能留一套给他们。当他们回到伦敦后，达蕾女士遵守承诺，为他们留下了新的房子，不仅房间更为宽敞舒适，用具设施也更加完善。

又回归到循规蹈矩的生活里，做饭成了每天必须要做的功课，杨绛作为妻子责无旁贷地首当其冲，钱锺书也尽量从书本里抽出手来做助手，日子不至于宽绰无忧，但也清甜淡然，有限的经济条件，少不了处处精打细算，两个人却甘之若饴地相濡以沫。

看着妻子又要读书，还要辛苦做饭，嗜爱美食的钱锺书试图寻求"辟谷"良方，天真地期望能超脱俗世，不吃饭也可以"凌然世间"，杨绛哭笑不得地望着丈夫，感动着他对自己的疼爱呵护。

爱的结晶小阿圆

从巴黎返回牛津的途中，他们的幸福悄然萌芽，杨绛感受到身体有了微妙的变化，她怀孕了，两个人的心里瞬间充满了新奇。

两个只知读书的年轻人，开始无休无止地讨论，关于婴儿的各种设想，未来在期望中开出了花骨朵，一如婴儿娇嫩的脸蛋。钱锺书依旧痴性十足地说："我不要儿子，我要女儿——只要一个，像你的。"杨绛温婉地笑，在心中祈祷，孩子将来能如丈夫一般博学才高。

一对璧人，他们都将自己最完美的期望，投射到了腹中的孩子身上，互相钦慕相爱的夫妻，用爱和幸福静静孕育着将要出世的婴孩。多年后，恩爱齐眉的夫妇俩培育出的女儿钱瑗，真正完美地具备了母亲温婉睿智的性情，和父亲渊博深奥的学识。

从未有过思想准备的杨绛，根本不懂得做母亲的感受，又远离父母，出于母亲的本能，杨绛事事小心翼翼，她本以为在腹中的孩子并不会为生活带来影响，但随着孩子的发育生长，她尝尽了苦头，从最开始的害喜，到后来的不便，严重影响了她的作息，更谈不上专心致志地读书。

宝宝的孕育，将原本刚刚安定下来的生活，又搅扰得圈圈涟漪。

钱锺书也体贴地开始转换角色，细心照顾杨绛，积极地将家务一肩扛起来，做父亲的兴奋感促使他展开了各种规划，扶着妻子杨绛去牛津妇产医院进行检查，更是早早地预订了生产时住的房间。他甚至还跑去院长办公室恳请介绍合适的产科医生，院长原以为钱锺书是出于东方人的保守心理，对大夫的性别有要求，就保证一定会安排院里最优秀的妇产科女医生专门为杨绛接生，没想到，钱锺书字句铿锵地回答："我们只要最好的医生！"

经过仔细的筛选和漫长的沟通，最后钱锺书谨慎地选择了一位叫斯班斯的妇产科医生，两家人住的也比较近，也方便将为人父的钱锺书每天想到什么问题，就跑过去咨询。随着月份的加剧，检查出的结果显示，孩子的预产期在乔治六世加冕大典前后，医生斯班斯说如果恰好赶到了那一天，孩子就是"加冕日娃娃"了。

在本土，人们对英国皇室十分尊重和喜爱，以能生个"加冕日娃娃"为荣，然而，作为东方人的钱锺书夫妇并不热衷此项殊荣，就连肚子里的宝宝，也极其一致地保持着与父母同等的高度，预产期过了加冕大典一周之后，依然没有动静。

一九三七年五月十八日的清晨，杨绛被突来的疼痛惊醒，分娩迹象出现，钱锺书当即冷静地搀扶着妻子去了医院。住下之后，阵痛时强时弱，杨绛在阵痛减轻时，挑了本书慢慢翻着看，并在丈夫的陪伴下吃了下午茶，及至晚间，杨绛依然没有临盆的迹象。

到了十九日，阵痛开始激烈频繁地出现，但是任凭杨绛怎么用力，配合医生的指导，孩子还是迟迟不肯出世，产科医生临时组织了会诊，再拖延下去唯恐大人和孩子出现状况，果断决定，对杨绛进行了麻醉实施人工助产。

民间有"生孩子等于到鬼门关走一遭"的说法，但对于女人来说，生孩子是痛并快乐着的一个重生过程。瘦弱的杨绛，仿佛用尽了毕生的力气，在浑浑噩噩的清醒和昏迷中，坚强勇敢地努力生产着，从始至终，都不曾歇斯底里地大声嘶喊，经过几番折磨和周折，她终于将女儿诞生出世，然而由于生产时间过长，婴儿浑身呈青紫状态，落地时并没有伴随着该有的哭声。助产士不停地拍打着婴儿的身体，随着"哇"的一声嘹亮哭声，孩子那高分贝的嗓音，给大家吃了一剂强心丸。可爱的护士给这个漂亮的中国女婴，起了个"Miss Sing High"的称呼，形象生动地被译作"高歌小姐"，也音译作"星海小姐"，这个贴切的小昵称也一直沿用了下来。

产房内一片祥和欢乐，却难为坏了苦等一天的钱锺书，这一天仿佛比一生还要漫长。在杨绛被推入产房的那一刻，他的整颗心也随着妻子进入了折磨里，站在外面的钱锺书，一个人都安稳不下来，不停地转来转去，侧耳在门边聆听，眼看着时间一点点流逝，妻子和孩子的任何声响也没有流泻出半丝，只传来医护人员的交流和器械的冰冷轻响。医生们都劝他回去安心等待，但他还是按捺不住担心，来来回回在产房外面兜转着，再次被医生劝走，仍然折回头不放心地等待期盼。

寓所与医院之间的路程，并没有顺路直达的公交车，钱锺书完全靠步行，在家和医院之间一日往返四次，他甚至认为，孩子会和父亲一同在路上走着，等他到的时候，孩子就会出生和他相见。终于盼到孩子诞生，医院告知钱锺书是个女儿，他开心地语无伦次，心如所愿，笑到合不拢嘴，但由于产妇太过虚弱，他们仍然暂时禁止相见，他只好再次一步三回首地离开。直到杨绛母女完全从危险中脱离出来，并恢复清醒，一家三口终于喜笑颜开地相聚了，钱锺书终于见到了心心念念，隔离了一天却恍若隔世的心爱妻女。

他们的孩子，是牛津医院有史以来诞生的第二个中国孩子，大家都对这个可爱漂亮的"高歌小姐"格外偏爱重视。当护士把孩子抱过来给钱锺书看的时候，他的双臂像托着绝世珍宝，激动地低头凝望，嘴里喃喃地说："这是我的女儿，我喜欢的。"父亲抱着女儿，只是不停地，痴痴地，开心地笑，此刻的文学大师，诚然归属于语言匮乏的范畴，所有的珠玑辞赋，只被这几个简单直白的文字涵盖。

学业繁重的钱锺书，在杨绛生产后的修养期间，奔波往返，精力充沛且情绪高昂，为人父的喜悦，给这个柔弱书生打了一剂强烈的鸡血。病床上的杨绛很是担心丈夫，怕他吃不消，护士就呵呵地取笑夫妇俩说，妻子生产时一天之内丈夫跑了四个来回，如今躺在病床上的妻子又开始担心来回奔波的丈夫，真是一对相亲相爱的夫妻。这时，杨绛才知道笨手拙脚的钱锺书是一个多么有责任感的丈夫和父亲，她心中涌出了感动，更多的是一种骄傲。

西方并没有中国传统式的坐月子一说，但由于杨绛生产后身体极度虚弱，就在医院住了将近一个月，几乎等同了在国内坐月子的时间长度。两个初为父母的年轻人，少了双方老人在身边，一些基本哺育孩子的常识，都是医院里的医护人员教的，如何换尿布、洗澡、喂奶，两个人新奇又乐此不疲地学得有模有样。

一直被杨绛伺候着的钱锺书，一个人在家各种状况频生，每次去医院他都像个闯祸的孩子般，低着头把发生的情况和过程，一一汇报给住在医院里的杨绛听，开场白依旧不乏他标志性的"钱氏幽默"："我做坏事了！"

"我做坏事了，打翻了墨水瓶，把房东家的桌布染了"；"我做坏事了，把台灯弄坏了"；"我做坏事了，门轴两头的球掉了一个，门关不上了"……

这个文字上的巨匠，生活中却完全依靠妻子的照顾，心理上也很依赖杨绛，杨绛轻柔的一句"不要紧"，就安抚了他无助的内心。她是他的主心骨，这三个字能平息他的忐忑，只要杨绛说了不要紧，那就真的是不要紧。直到杨绛出院回家，洗净了桌布，修好了台灯，换好了门上的球形锁，这个家才因为有了女主人，而恢复了往日的温馨生机。

夫妻之间的信任，并非只是一种习惯的依赖，在他们的生活里是有根有据的。他们恋爱时，钱锺书的额骨上长了个顽固的疔，吃了许多药，看了几位医生也没能治愈。杨绛跟他说："不要紧，有我呢。"课余，她就专程跑去医院，从一个护士那里学会了热敷，回到学校，每过几小时就给钱锺书敷一次，坚持了几天之后，额头上的疔随着热敷的纱布连根拔掉，恢复到光洁无痕。

　　自那时起，杨绛的一句"不要紧"，在钱锺书心中的分量，无可比拟。

　　钱锺书对杨绛说："假如我们再生一个孩子，说不定比阿圆好，我们就要喜欢那个孩子，那么我们怎么对得起阿圆呢？"这句单纯又柔软的话语，出自一个学识高深的男人口中，这让杨绛对钱锺书更加感动深爱。

　　女儿阿圆慢慢长大，杨绛为了照顾孩子，时常腾不出手做饭，正在准备论文答辩的钱锺书，从紧迫的时间里推开繁重任务，悄然走进厨房煲了一碗香浓的鸡汤，杨绛用调羹搅动时，金黄色的鸡汤里，浮现出粒粒碧绿的豌豆，盛起来放进嘴里品尝，味道嫩鲜且营养丰富。他亲手为娘俩煲的鸡汤，既滋补了杨绛的身体，又极其下奶，让女儿有喝不完的奶水。"钱家的人若知道他们的'大阿官'能这般伺候产妇，不知该多么惊奇。"

　　一碗汤，一家三口其乐融融地分享，钱锺书吃肉，杨绛喝汤，阿圆吮吸分泌出的奶水，亲情的温暖循环围绕在这个小小的家里。

　　喜讯传回家中，祖父为孩子取了名号，名健汝，因属牛，便起一卦，"牛丽于英"，所以号丽英，但深受新思想熏陶的杨绛夫妇，并不愿意接受这个拗口又迂腐的名字。钱锺书和杨绛就给自己心爱的女儿取名钱瑗，寄予她今后能集优雅与知性为一身。又基于钱锺书平时爱玩闹的戏谑，时不时给女儿起了种种诨名，唯有圆圆这个称呼最符合白胖圆润的宝宝，从此后便叫她阿圆。

　　经历了孩子出生的过程之后，钱锺书更是将妻子放在了心尖上，他永远记得女儿出生的那天，经过一天漫长煎熬，自己因为担心妻女，而恐惧到战栗。在钱瑗成长的过程中，及至女儿长大，钱锺书每次都会在女儿的生日时，重复不变地告诉她一句话："今天是你母亲的受难日。"

在紧张忙碌中，钱锺书边伺候月子，边紧凑地完成了学业。一九三七年，他完成了学位论文《十七、十八世纪英国文学中的中国》，并顺利通过了论文口试，获得了牛津大学文学学士学位。一切因了女儿的到来，似乎越来越趋向圆满。为了能让妻子杨绛能在法国更好地学习拉丁语言文学，钱锺书提前两年毕业，并谢绝了牛津大学聘他做中国讲师的邀请。

我们仨的巴黎行

　　夫妇俩的求知之路，从英国牛津大学延伸到了法国巴黎大学，也许以后还会去往更远的地方，对于知识的追求探索，是永无止境的，尤其对这对视文字如生命的年轻人来说。学海无涯，他们远渡重洋，从一个地方前往另一个地方，诱惑着他们的是浩瀚缥缈的书香。

　　女儿阿圆过了百天后，一家三口从牛津，坐火车到达伦敦之后，转车到多佛港口，然后乘坐渡船过海，进入法国的加来港，最后又乘火车才算来到巴黎。路上主要是杨绛照顾阿圆，家中细腻的事情从来都是由妻子负责的，丈夫钱锺书粗手大脚，虽然他老是自告奋勇抱孩子，但杨绛总是不放心，怕孩子不舒服。

　　于是他便负责粗活，拎着一只大大的行李箱，里面装满了书籍和一台打字机。在到处都是西方人的国度里，小阿圆成了引人注目的焦点，一位乘客目标不转睛地盯着这个黑头发的东方娃娃入了神，不停地夸：

"a Chinababy"，"a Chinababy"用英文翻译过来有两种解释，一种是中国娃娃，另一种是瓷娃娃，这个巧妙的称赞，让初为人母的妈妈杨绛，心花怒放。那位乘客不仅夸赞自己的女儿可爱漂亮，还夸阿圆皮肤细腻如瓷似的白嫩秉承了妈妈的优良遗传。

阿圆可爱漂亮的小笑脸，一路上受到了许多优待，因此路途并不显得漫长难挨。童真和笑脸成了他们最好的通行证，就连在海关过安检时，工作人员都被杨绛怀里这个可爱的漂亮娃娃迷醉了，帮他们搬行李，拎箱子，一概未打开检查，笑容满面地为他们办理了通过。杨绛从心底觉得愉悦，浪漫的法国人更有自身的仁爱，比起他们在英国的感受，法国人更关心爱护母婴。

抵达巴黎火车站时，恭候良久的朋友盛澄华，站在人海中向他们招手，盛澄华早已按照他们的要求和到达日期，帮他们一家三口在巴黎近郊租了心仪的公寓，居所位置优越，交通便利，往市中心去只需五分钟的车程，风景亦幽雅清美。

更令他们欣喜无比的是，房东咖淑夫人是个出色的厨师，为他们提供丰盛的一日三餐，且只收取不高的费用。咖淑夫人做了一辈子邮务员，待人好客又热情，退休之后用退休金买下了这幢公寓，热爱生活的她更热衷助人为乐。

寓居的住户大多为单身房客，每天饭点十分，餐厅里都分外热闹，咖淑夫人一道接一道地上菜，丰富而美味，杨绛和钱锺书参加了两次之后，却在自己的小厨房里做起了饭。

好客的咖淑夫人很是奇怪，自责做的饭菜不合他们夫妇口味，杨绛忙解释说，咖淑夫人做的饭菜非常不错，只是他们的时间太珍贵了，要重视每分每秒用来读书，咖淑太太听了竖起大拇指赞叹：真是一对爱读书的年轻人，注重精神食粮大于物质食粮，实在是难能可贵！

钱锺书夫妇在新环境里，感受更多的是在英国体会不到的美好，心里对巴黎大学的敬仰又多了几分热烈的期待。

与牛津不同，巴黎大学以宽松治学闻名于世，相同的是两所大学同样蕴含着丰富的历史背景和厚重的文化底蕴，培育了许多优秀杰出的人才。与之前的牛津大学比起来，那些莫须有的限制和束缚都已不在，不用住校，吃饭也不必太过遵循相应的规定，学生们自由选择的空间极为民主，可以只选读自己愿读的课程。

这不能不让钱锺书有所感慨，为了牛津大学的学士学位，他在不必要的功课上，浪费掉的宝贵时间琐碎而冗长，很是惋惜。他犀利又幽默地引用一位取得牛津大学文学学士的英国学者的话，来抒发胸中的介怀："文学学士，就是对文学无识无知。"

徐志摩说，到过巴黎的就一定不会再稀罕天堂，不仅仅是因为巴黎的典雅浪漫，更因为它是一座时尚的艺术之都，又到处洋溢着古典气息，但这一切综合在一起却并不冲突，反而糅合成巴黎的独特气质。这座富蕴灵气的城市，是艺术家的集聚地，梵·高、马尔克斯等数之不尽的膜拜者，都曾在这里吸收汲取过灵感，最终有所成就。

如此魅惑的圣地，怎么能不在此停留呢，钱锺书夫妇和一众中国留学生，都慕名远涉重洋，集聚在此，其中也不乏留学欧美地区的前来度假。他们都散居在各个区，成为巴黎流动的东方血脉，在异国的街头可以经常看到亲切的东方面孔。夫妇俩每次出门都能结识到不同的留学生，久而久之，大家熟稔起来，就相约着偶尔出去喝咖啡，看风景，聊天畅谈。

他们也经常聚在同在拉丁区的盛澄华家中，彼此住的较近，拜访就频繁些。聚会的话题繁花一般，从音乐舞蹈到美术绘画，再到进步青年推崇的马克思主义，大家各抒己见，纷纷活跃发言。

这时许多人才注意到钱锺书在许多时候是沉默寡言的，偶尔开口便能口吐金句，博古论今、引经据典，是为博闻强识。大家都非常钦佩他多年来，潜心研读，凌然众人之上的学识，盛澄华说："钱锺书说的话好像没有一句是他自己的。"由此能反映出，钱锺书读书的涉猎范围和储备之深之广。

与钱锺书夫妇更为契合相近的是来自国内的林藜光、李伟夫妇，林藜光专攻梵文，是一个治学严谨的在读博士，李伟是来自清华大学中文系的才女，写一手漂亮的毛笔字，填词作赋颇为精通，而且他们也有个与阿圆同年同月生的儿子，两家人既有古典文学的共同语言，又有两个同龄孩子的相近，关系尤为密切。

男人们的交流，离不开时事政治和共同关注的喜好，两个女人的话题则常以孩子为中心。婚姻生活消磨淡化了她们的文艺情操，对文字的认知和理想的遥望，抵不过怀抱里可爱的孩子。但来巴黎的前提是为了进修学业，世事不能两全，舍得之间，是为人母一颗柔软的心。

杨绛听李伟讲，国内的许多留学生都选择将孩子送去托儿所，虽然能抽出时间读书，但幼小的孩子在那里，每天都要遵守规定好的作息，吃喝拉撒睡循规蹈矩，时间一长都把孩子训练成了一个个小木偶。

孩子是妈妈身上掉下的肉，杨绛是万不肯让自己的阿圆去受罪的。听到这儿，心情极为复杂，就思忖着怎样才能有个两全其美的法子，来安稳内心。偏碰巧住在对门的太太无事可做，丈夫又因着工作的原因，早出晚归，她的身边也没有孩子，常羡慕杨绛有个乖巧的女儿，就不时过来逗阿圆玩儿。

钱锺书夫妇平日里忙起学业的时候，对门太太就会主动要求把阿圆抱到家里看护，把婴儿床也一并挪了过去，方便夜里照看。枕畔倏尔空起来，钱锺书和杨绛牵挂得辗转难眠，好在活泼的阿圆和房东太太很是投缘，夜里并未哭闹，反而睡得香甜安稳。一天天过去，慢慢长大的阿圆也被她照顾得更加活泼可爱，大人和孩子间融洽得情同家人，钱锺书和杨绛就格外放下心来，安心读书，面对对门太太的盛情，他们也会按期付予一定的报酬。

对门太太是个善良真诚的中年女子，对待阿圆视若亲生，有段时间她想去乡下旅居一段，就征求钱锺书夫妇，希望能带上孩子，让阿圆能呼吸到更新鲜的空气，喝到更香浓营养的牛奶，吃到青翠鲜嫩的蔬菜。但身为父母怎舍得幼小的孩子离开自己身边，她说："如果这是在孩子出生之前，我也许会答应。可是孩子怀在肚里，倒不挂心，孩子不在肚里了，反叫我牵心挂肠，不知怎样保护才妥当。"

也许是阿圆太可爱了，对门太太最终放弃了旅居乡下的打算，依旧殷勤照看着孩子，钱锺书夫妇才得以有大量的时间，融入巴黎大学的学业之中，闲暇时最喜欢漫步景色怡人的街头，从圣米歇尔大道，走到圣日耳曼大道，再转个弯，眼前就映入举世闻名的圣母院。

美景固然诱惑，但对于他们两个来说，致命的吸引力还是来自街两边摆满旧书的橱窗。旧书摊上摆放的老书箱，雕刻着斑斓多彩的花纹，那一册册古旧的旧书封皮，洋溢着古味，仿若旧时代的工艺品，艺术气息浓重，令爱书的人沉浸其中，乐不思蜀。即便是散步，他们也会沿着塞纳河畔，一路溜达，沿河左转的地方，旧书摊更是鳞次栉比。

巴黎是艺术家的天堂，是灵魂自由的天堂，更是钱锺书和杨绛读书的天堂。这里成为他们俩的"饱蠹城"，他们不知疲倦、嗜书如命地沉溺其中，万般恣意地度过了一年的好光阴。无论中文、英文还是德文和法文书，钱锺书一刻不停地从十五世纪出版的图书一直读到十八九世纪出版的图书，汹涌澎湃的知识量拓宽了他的思路，在已经极为广泛的阅读范围里，又添加上了意大利文的图书。阅读与书写是密不可分的，期间，钱锺书灵感勃发，创作了诗歌、散文，邮寄到国内，大多发表在《文学》杂志和《国风》半月刊，两个颇具影响力的期刊上，在当时的文坛上独树一帜。

如果说钱锺书是一个书痴，那么他和杨绛在一起，两个人读起书来，就堪比书虫了。夫妻俩不仅情深意笃，在读书方面兴趣也非常同步，两个人都爱广读诗书，涉猎种类广泛，"钻进"书里，便忘却今夕是何年，洒在书上的光线从阳光转换成星辉，他们才会突然惊觉，已是暮色沉沉。

巴黎特有的法国文化，使夫妇俩深刻又真实地领悟到了艺术精髓，更纵观、领略了整个欧洲文化艺术的全面范畴。两个人最感兴趣的语言和文学方面，更是攻读了众多经典。在这样得天独厚的环境里，杨绛对语言的学习更加热爱，她在陪伴孩子的同时，细致地利用一切琐碎时间，随时随地都进行阅读和交谈练习，对于欧洲更深层次的文化，有了进一步的了解。

至于奶爸钱锺书，本就嗜书如命，在这样的氛围熏陶里，更是将中文、英文、法文、德文还有意大利文"一锅烩"。他就是一位国际美食家，从东西方文化中汲取精粹，融合在一起，却又保持着各自独特的美味。集众家所长，享丰沛营养，钱锺书成为名副其实的"老饕"，一张口就是锦绣珠玉，自身的文化修养，更是在无形间层层递进。

赌书消得泼墨香，这样的风花雪月，并非一般情侣能达到的境界，钱锺书和杨绛，是举案齐眉的夫妻，更是耳鬓厮磨灯下读书的伴侣，他们常将赋词背诗，当作生活里的小情调，你来一句苏东坡的经典，我对上一句李白的佳作美句，更甚至钱锺书也会调皮地以拜伦的西方诗歌，对杨绛的东方古诗，没有规则条框，信手拈来的情趣，仿若神仙眷侣才能达到的脱俗境界。

刚到法国时，杨绛捧读福楼拜的《包法利夫人》，钱锺书也颇感兴趣地翻几页，但他自叹不如妻子读起来熟稔，生字多到读起来有些吃力。一年后，杨绛发现丈夫的领悟力完全超过了自己，敏锐的钱锺书已经能轻松自如地掌握绝大部分的法文，当妻子夸奖他时，他就孩子气地洋洋得意起来。杨绛后来回忆起这段往事，就推崇丈夫："我恰如他《围城》里形容的某太太'生小孩儿都忘了'。"

读书倦了，他们依旧出去散步，从英国沿袭到巴黎的习惯，是两个人最心仪的课余爱好。走过巴黎的街道，浪漫的气息，让他们生出联想的翅膀，你一言我一语，虚构故事，讲述美好的情节，把看到过的每一个人，都编排起来，在每次散步期间，一段一段地连接起来，就积累成无形的写作素材。

留学巴黎的日子，一天天在流逝，钱锺书夫妇的知识深度趋向更加深厚渊博的高度，他们的女儿小阿圆，也在日渐成长，像一棵苗壮的小树苗，结实葱郁地往上蹿。做妈妈的就变着法儿，做各种营养餐点，还特意从房东太太那里学来一道"出血牛肉"的美食，特意将鲜红的血给阿圆吃。

在异国孕育、成长的阿圆吃得很开心，对于西方食物，她的味蕾非常喜爱，胃口也容纳得了这样的成分。奶妈杨绛眼看着自己的孩子，从怀里抱着，再到到处爬行，最后能撒开腿欢快地跑起来，就无比欣慰地形容阿圆："很快地从一个小动物长成一个小人儿。"看着小阿圆，胖乎乎的小脸和粉嫩的小手，杨绛开心而快乐，孩子健康成长，是一个妈妈最大的幸福和骄傲。

战火纷飞思故土

每当夜深人静，灯熄人安睡时，杨绛借着微弱的月光，目不转睛地看着熟睡中的女儿，看着看着，笑到眉眼弯弯，阿圆的骨骼、五官和一些细微的表情，竟如父亲钱锺书的翻版。让人不得不惊叹，这是多么神奇的遗传。

阿圆一点点开始长大，淘气就更甚，简直超越了父亲钱锺书，更为古灵精怪。小女孩天生爱臭美，她最喜欢的事情就是照镜子，阿圆最喜欢对着镜子里的自己，噘噘嘴，吐吐舌头，扮鬼脸，逗得自己咯咯咯咯直笑，自娱自乐。

每当父亲钱锺书从书本里抽出身来陪她玩，小阿圆最喜欢的恶作剧，就是跷起小脚丫，伸到钱锺书的鼻子前让父亲"闻臭臭"，钱锺书就非常默契地吸溜着鼻子，转过身装作恶心呕吐的样子，逗得阿圆眉开眼笑，不能自抑。

可是，父母两个人有太多的书要读，有太多的学问要研究，经常钻进书海里忽略了调皮的小姑娘，阿圆也不哭也不闹，只是偷偷地跑过去，手疾眼快地从他们手中抢书，挑衅似的在手里摇一摇，扭头就跑，听着杨绛和钱锺书追逐的脚步声，飞快地跑远。

杨绛是位聪慧的女子，仔细观察了女儿一阵子，就想出了一个两全之策。阿圆虽然调皮好动，却在家中安谧的读书环境里潜移默化地受到了熏陶，只要手里有本书，就能安静地坐下来，煞有介事地翻看，钱锺书为此常自诩，女儿阿圆受了他这个父亲的遗传，常以读书为乐。

别人家的孩子玩具丰富多彩，杨绛和钱锺书给阿圆的玩具只有书和笔，小女孩每天在父母读书的时间里，就被放进一只高凳子里，凳子上放着一本摊开的书，翻看累了，就拿着笔在书上肆意乱画。这样的相处模式，既和谐又具有画面感，氤氲着一个书香门第绵延的香气，来自于书的神奇和对文学虔诚的膜拜之心。

钱锺书爱女如命，在他给朋友的信中，阿圆是主角，诸多笔墨都用来描写女儿的种种，字里行间洋溢着骄傲和喜悦，有次杨绛偶尔看到丈夫用"顽劣"这个词形容女儿，就争辩道："我们家小阿圆乖着呢，我们看书，她就安安静静自己一人画书玩。"钱锺书就笑嘻嘻地继续写，笔下是写不完的骄纵，都是对女儿阿圆的炫耀。

阿圆的调皮聪颖，超出一般孩子，也许是异国的特殊环境造就，她牙牙学语时，第一句话竟然是指着门外，脆脆地催促："外外，外外"。钱锺书和杨绛都被这个可爱的娃娃，闹得哭笑不得，多么能闹腾的小女孩呀，对外界的渴望是一个孩子最热切的期盼。从此后，他们每天的散步习惯里，就加入了一辆小推车和一个可爱的胖娃娃，在巴黎的大街小巷，人们每天都能看到一家东方人，父母推着个女儿，笑靥如花地走过。

读而深则顿悟，感悟深则要有所呈现，杨绛在学习间隙将所感所悟，付诸笔端。她的才情在一篇名字为《阴》的散文中，舒缓流淌："一根木头，一块石头，在太阳里也撒下个影子。影子和石头木头之间，也有一片阴，可是太小，只见影子，觉不到有阴。墙阴大些，屋阴深些，不像树荫清幽灵活，却也有它的沉静，像一口废井，一潭死水般的静。山的阴又不同。阳光照向树木石头和起伏的地面，现出浓浓淡淡多少层次的光和影，挟带的阴，随着阳光转动变换形态。山的阴是散漫而繁复的。"

这样的描述仿若人生，哪怕你是一粒尘埃，也会有自己的阴，阴是存在的印证，在变幻光影中，时而轻薄，时而沉淀，渴望简单平淡，又追逐繁复喧哗。杨绛的笔端凝练，始终通达睿智，她低眉垂目，却能观透世事。

较之之前在国内经由老师指导发表的文章，杨绛的创作能力不仅快速提升，且文思泉涌。有时写着写着，会不禁思念起家乡的风土人情，更有不敢触及的家人，虽然有丈夫钱锺书陪伴左右，终是无法替代亲情的根深蒂固，往家里写的信是一封又一封。

思念绵长如风，萦绕等待的思绪，即便努力吹，从东方故土来到遥远的西方国度，马不停蹄地一来一回，也要良久时日，在接到回信的那一刻，再多的期盼也是簌簌落花了。拆开来慢慢读，生怕掸落墨里清露，昨夜花香，都是故乡情呢。

世事总是有悖希望，即便只是几字锦书也成了奢望，在女儿阿圆降生后不久，两地书信往来愕然中断，忙碌中的杨绛，从报纸上得知祖国的许多地方都在逐日沦陷，这是场天翻地覆的浩劫，也掩埋掉来自家中的所有讯息。心就抽丝剥茧起来，一缕一缕地忐忑担忧，亲人安危等同自身呼吸，任她千方百计地寻找联系方式，也没能如愿心安，一个人就慌乱起来，窒息般地不知所措。

巴黎空气优良，却不能给她充足有效的氧气，就在这百般难捱之际，杨绛三姐及时传递来一封信，仔细阅读整个人才松懈宁静下来。在战乱中的家乡已是寒蝉之所，父亲带着一家人辗转迁至上海刚刚安定下来，小妹尽可静心读书。千般叮咛，万般嘱托里，细腻的杨绛感觉到，就连之前大姐的来信里，也少有提到母亲，她就一次次地去信询问。

没有人给她确定的回答，杨绛心里深感惴惴不安。当阿圆慢慢长大起来，大姐才告诉了她真相，早在逃难的颠沛流离中母亲已然与世长辞。生离已是在所难免，死别更加让人痛苦，怀抱中的阿圆圆润可爱，新鲜的面孔透明软嫩，从她母体里剥离的新生命，令她无时无刻都能感受到母亲的气息，这是杨绛做了母亲后的新生感动，她想将心中的点点滴滴与母亲分享，更希望能悉心承欢母亲膝下，回报她那么多那么多的爱。

已是天人永隔，今生都将无缘再见。泪流不尽，伤心在所难免，钱锺书陪着妻子，以他一贯沉静的默然，朝夕晨昏间，用小小而拙笨的方式，努力地安慰着。杨绛将这些融入生命的感动，写成文字藏在心间：悲苦能任情啼哭，还有锺书百般劝慰，我那时候是多么幸福。

很久很久的以后，杨绛终于写了一篇《回忆我的母亲》："我曾写过《回忆我的父亲》《回忆我的姑母》，我很奇怪，怎么没写《回忆我的母亲》呢？大概因为接触较少。小时候妈妈难得有工夫照顾我。而且我总觉得，妈妈只疼大弟弟，不喜欢我，我脾气不好。"

杨绛在心底深深地爱着母亲，越深的情感，反而不知从何提起，就那样隐匿起来，疗慰平生。没有人能替代母亲，血浓于水的情感关联。就在此时，钱锺书也得到消息，他的人家也在这次劫难中多地辗转，所幸有亲戚家可暂时栖身，也不至于令人太过牵肠挂肚。

在巴黎的日常依旧安宁，钱锺书的奖学金足以供养他们继续研读下去，但杨绛和钱锺书还是决定回国。内忧外患的中国，彼时正在遭受日本侵略者的涂炭，比起国外来说，环境尤其危险，虽然当时世界大环境都不太好，虽说待在巴黎相对来说相对安全，却也危机四伏。

一九三六年，西班牙发生内战，随后德国、意大利对西班牙发动了攻势，继而入侵捷克、奥地利等国，欧洲开始动荡不安。当时的法国虽未遭受战事波及，但也因经济危机影响，造成了法郎贬值。两年后的一九三八年八月，德国希特勒发动军事演习，实施全面征兵计划，为挑起更为汹涌澎湃的法西斯战争做着最后的准备。

德国与法国比邻，法国人惶恐不可终日，身在巴黎的钱锺书和杨绛历来不热衷政治，安居于文字筑建起的世外桃源，奈何普天之下并非魏晋，面对现实混乱地逼人形式，他们只好商议后做出抉择。

钱锺书夫妇早已开始准备博士论文，原本打算攻读的学位，也被迫忍痛放弃。法国虽好，还需深造的东西并未达到他们的心愿，然而，现实却不容他们抉择和逗留。钱锺书在回国前夕，作下一首《将归》：

将归远客已三年，难学王尼到处便。

染血真忧成赤县，返魂空与阙黄泉。

蜉蝣身世桑田变，蝼蚁朝廷槐国全。

闻道舆图新换稿，向人青只旧时天。

字字句句写满了钱锺书的爱国之心，离家太久，故土的模样在肆意践踏下，是否伤痕遍布，愈加沧桑？

身怀赤子之心的夫妇俩，根本没有办法无视国家兴亡，在亲情召唤下，他们毅然踏上回家的轮渡。报纸上疯狂更新的实时消息，令他们一遍一遍在心中告诉对方，回去，一定要回去，回到我们的家园去，与祖国和亲人，并肩作战。他们心急如焚地托了许多人买船票，都被告之十分难买，欧洲战事迫在眉睫，在外国留学的学生们都蜂拥购票，一时间，船票到了千金难求的地步。

奔走相告屡番辗转，许多天夫妇最终由里昂大学为他们买到了三等舱的回程票。爽风清秋的九月，钱锺书夫妇收拾好了所有家当，准备"回娘家"，怀里抱着女儿阿圆，手中拖着沉重的书籍和行李，走向停泊在港口的法国阿朵士2号邮轮。

乱世情浓纷纭变

钱锺书与杨绛

归途遥远心似箭

一声声拉长的汽笛回响在耳旁，两个人辞别了巴黎的友人，挥别了巴黎大学，中断了进行到一半的学业，踏上归国旅程。在煎熬漫长的轮渡上，立于茫茫海面上，杨绛无比思念疼爱自己的父亲，母亲这一走父亲缺少细致照顾，该怎样面对一个人的孤寂。

朦胧的月光穿透厚重云层，在海面泛起粼粼波光，杨绛的心轻轻被撕碎，海上生明月，天涯共此时，成了她一生的遗憾。

一闪而过的三年，让他们想起了刚出国的情景，新婚宴尔的小夫妻，经受着海上颠簸的考验，两个人难以适应漫长的海上生活，晕船晕得非常厉害，想起来还有些心悸。

杨绛归纳了一下心得，与钱锺书交代一番，这次上了船，要感受和掌握行船的规律，勿以自己为中心，而要以船为中心，随船倾侧，把自己想象成一朵浪花，放松融入这样的感觉里，晕船就不会存在了。

钱锺书就放下心来，有杨绛的精准总结，他是不再惧怕风浪的，一试之下果然有效，坐久了反而生出闲适的悠然感，还会时不时吟上几句有感的诗。杨绛坐在船舱里，看着活泼的阿圆和可爱的丈夫，心中涌上安宁的幸福。战事连绵，只要有亲情爱情在，筑一所无可摧残的温暖之所，就可安然面对天下。

能买到回国的票已是不易，他们已经没有选择船舱等级的权利，出国时乘坐的英国邮轮二等舱，食宿俱佳，与此刻回国的三等舱伙食，有天壤之别。长期战乱导致物资匮乏，饭菜餐点根本谈不上精美可口，只保持在让旅客维持温饱的基础上，尽管有了心理预期，但现状还是令人非常失望。

尽管登船前，杨绛匆忙为阿圆准备了简单乳制品和辅食，然而没过几天，他们为阿圆带的辅食，就被吃得干干净净。孩子刚刚断奶两个月，正是需要营养补给的关键阶段，但却几乎天天只能靠吃土豆泥补充身体所需。再经过摇摇晃晃的半个多月船上生活，下船时鲜嫩如花的阿圆，白胖圆润的小脸瘦了一圈，杨绛既心疼又无比自责。

她惭愧地说："上船时圆圆算得一个肥硕的娃娃，下船时却成了个瘦弱的孩子。我深恨自己当时疏忽，没为她置备些奶制品，辅佐营养。我好不容易喂得她胖胖壮壮，到上海她不胖不壮了。"

所幸生活还是厚待他们的，回国后，钱锺书受邀出任西南联合大学外文系教授。早在归国前，他们就开始联系国内的同学和老师，提前谋划生计，希望能找到一份工作，来保障和应对动荡不安的社会现状。夫妻俩认真地书写出多份求职信，很快就收到多方回执，念着一份对母校的旧情，钱锺书和杨绛一致决定最后接受了西南联合大学文学院院长冯友兰的盛情邀请。

抗日战争爆发后，北京大学、清华大学、南开大学三所大学南迁昆明，联合组成"西南联合大学"。走正常规程的话，所有出国留学的学子，回国后都是从讲师做起，经过资历的提升才有机会晋升为教授，而钱锺书进入西南联大，直接就坐上了教授的交椅，就当时钱锺书先生的学识和才气来看，可见已是享誉盛名。

这份差事不但规格高尚，薪水也极其可观，校方定为每个月三百元，在那个年代极其罕见的优厚，钱锺书欣然应允，着手准备着相关事宜。船只到达香港之后，钱锺书带着教授所需的东西物什，登岸与妻子和女儿分离，按照计划一路从香港经过海防去往工作目的地云南。

左有离不开妈妈的女儿阿圆，右有需要照顾的丈夫钱锺书，杨绛抱着孩子望着丈夫走远的身影，心被撕扯成了好几瓣，这是他们婚后的第一次分别，她无比担心这个即将笨拙无依的丈夫。

她放心不下丈夫钱锺书，却更担心年迈的父亲，想到这里杨绛轻叹一声，抱紧了怀中咧嘴甜笑的女儿。此时的上海已成"孤岛"，与昆明遥遥相望。

国民党撤离上海，日本开始全面侵略上海，大军驻守处处设卡，这时的上海只有英、美、法等西方国家的公共租界是保障无虞的。霓虹和烽火里的公共租界，显得单薄脆弱，孤零零地耸立在日本兵的包围中。

回国次年，第二次世界大战爆发，紧接着，希特勒就率领德军嚣张横扫四周边境，肆意展开践踏法国的恶行，古老欧洲陷入了水深火热之中。钱锺书夫妇在后来回忆起来，都后怕："幸亏那个时候早一点归国，如果再延迟一年，遇到了战争，恐怕就回不来了。"

阿朵士2号吞吐着烟雾，拉着长长的汽笛，继续载着一船乘客，也载着杨绛和圆圆到了上海。先是被钱家人接到家中，大家都围着娘俩，嘘寒问暖，小阿圆睁着圆溜溜的眼睛，对这个新的环境，很是好奇。

她们就在钱家的大家庭里住下来，租金昂贵的房子小而窄，满当当地住满了人，杨绛和女儿和钱锺书的二弟媳和侄子挤在一间屋子里。尽管如此，这样的居所也是很奢侈的，正逢战乱，各地来上海避难的人群致使房源紧俏，能找到已经算是万分庆幸。

第二天早早的，杨绛就不顾外面的紧张状况，抱着女儿阿圆去上海的三姐家看望父亲。嫁为当地妇的三姐家中，宽敞舒适，父亲能在此处安全避难，杨绛久别牵挂的心，得到了一丝宽慰。

父女在物是人非后重逢，杨荫杭和杨绛唏嘘不已，往事在陈述中历历在目。那一年，苏州在日本人的践踏中，烽烟四起，当他们驾着军用飞机盘旋飞行在美丽江南的上空，发现了一家大宅子，在一众普通简单的宅群里，显得那样鹤立鸡群，那家宅子正是杨家，杨荫杭夫妇和大女儿和小女儿居住在内。

他们做梦也没想到，恐怖的日本人猜测杨宅应该是本地政府要处，于是就集中火力重点攻击。突遭横祸，也不过如此了吧，杨荫杭一家，在慌乱中躲藏狂奔，隐蔽在苏州香山得以暂时安宁。奇怪的是，全家人因这场灾难惊吓得集体泻起了肚子，后来其他人都治愈了，唯有母亲留下了"恶性疟疾"的顽症。

那是躲进香山的来年秋天，母亲高烧不退，然而在战火纷飞里却不能得到有效及时地治疗，一直拖延持续到香山沦陷前夕，她耗尽了最后一丝力气，于颠沛流离中不愈而终。纵使身处绝境，杨荫杭仍颤颤巍巍地担着仅存的几担白米，换取来一具木料上好的棺材，最后一次，为爱妻营造出安稳的栖息之所。

孤岛岁月亲情暖

自此当是生死永别，江南烟雨入景，更摧断离人心肠。细雨蒙蒙中，杨荫杭将妻子入殓安葬。异乡并非故土，这个为杨家生儿育女的贤妻良母，只能在一片凄清孤寂的荒坟上，借一隅长眠。

杨荫杭才华横溢，一生从未给妻子写过片言只语的情话，这一刻，他陪在妻子的墓畔，一笔一画地写她的名字，一遍又一遍，一刻也不肯停歇，顷刻间，周围的地上、石上、树上、瓦片上，凋零下满满的思念。这一生的缘分，就在这氤氲的江南梦断。

杨荫杭将自己的心刻凿成碑，在动荡红尘中，缅怀祭奠一生一世的爱人。若说江南烟雨自古多情，那么此刻的香山烟雨，却如剑如戟，万箭齐发刺向杨荫杭的心田，生命无法承受之轻，在这一年残酷呈现，一同下葬的除了妻子，还有他的妹妹杨荫榆。

三妹杨荫榆小杨荫杭六岁，大眼睛犀利有神，笑时酒窝浅浅，曾任当时北京女子师范大学的校长，是有史以来中国第一位女大学校长。她的一生坎坷支离，被下嫁给痴呆的富家大少爷为妻，后反抗旧事家庭包办婚姻，出走到北京女子高等师范做学监，并由当局教育部于一九一八年出资赴美留学。

对于雷厉风行的三姑母，杨绛从小就调皮地称她"三伯伯"，父亲杨荫杭心痛地叹道："申官（杨荫榆）如果嫁了一个好丈夫，她是个贤妻良母。"

故土虽支离破碎，心灰意冷的杨荫杭依旧难舍，他不顾情势危急，依旧带着全家人回到老家。偌大的宅院狼藉凌乱，家中物什被烧得面目全非，残存下来的也被人偷去，只有些带不走的口粮扔在一边，仅够家人熬粥度日。

祸不单行的日子，噩梦一般萦绕着杨家，日本人的铁蹄还在践踏，挨家挨户地掠夺，不仅搜刮财物，还无耻地抓走年轻漂亮的姑娘，看到美丽女孩儿就嚣张地嘶喊"花姑娘，花姑娘"，疯狗一般扑过来。

为了保命，早在逃难之初，杨家的女孩子们都已剃光头，着男子装束，但为了更牢稳地躲过无法预测的灾难，她们每天都会躲在柴垛里，担惊受怕地听着风吹草动。思虑再三，他们一家在夜黑风高之夜，避开日本兵的监察搜捕，离开苏州前往上海。

听着杨荫杭沉钝缓慢的诉说，杨绛从父亲涣散疲惫的眼神里，看到了沧海桑田的无情更改，她为母亲离开后要靠安眠药入眠的父亲担忧，更为抵抗这巨变的大环境所带来的沉重感到力不从心。怀里的阿圆，笑眯眯地伸手要姥爷抱，还咿咿呀呀地碎碎念，乖巧伶俐，仿佛童年时深得父亲宠爱的小杨绛，杨荫杭脸上的阴霾被纯净的童真溶解消散。

那天晚上，杨绛辗转反侧，心里全是父亲沧桑老去的面容，和没能与母亲再见一面的惋惜疼痛，她哄睡阿圆后坐在灯下写了封长信给丈夫。钱锺书在来信中委婉细心地安慰了妻子一番后，题写了一首《哀望》，悲情叹惋的愤慨溢于言表：

白骨堆山满白城，败亡鬼哭亦吞声。

孰知重死胜轻死，纵卜他生惜此生。

身即化灰尚赍恨，天为积气本无情。

艾芝玉石归同尽，哀望江南赋不成。

杨荫杭是非常宠爱杨绛的，再加上多年未见，老人心中是希望多些时间与女儿和外孙女在一起的。民间有言老还小，每次杨绛到三姐家探望父亲，走时父女间都格外恋恋不舍。年迈老去的杨荫杭眼中闪烁着孩子般的渴求，以期能留杨绛和阿圆在身边久一些。

最后，杨荫杭就拿出积蓄，在外面又租了套房子，以便留女儿和外孙女常常住在身边，安享天伦之乐。钱家人口众多，居住的辣斐德路寓所，在钱锺书一家三口回国前早已人满为患，因此杨绛也有了相应的借口经常住回，相距不远在霞飞路来德坊的娘家。既方便照顾了父亲，又不惹钱家上下误解，即便如此，玲珑聪慧的杨绛还是会时常带着阿圆，隔几日回钱家住几天，以尽孝道，这更让钱父对杨绛赞赏有加。

彼时，二十八岁的钱锺书成了西南联合大学最受欢迎的年轻教授，在这所大学里，外文系的教师们基本上都是当年他在清华读书时的老师，关于他的种种传闻早在校园里疯传。他开设的"欧洲文艺复兴""当代西方文学"和"大一英文"三门课里，"大一英文"是不分院系的必修课，许多学生慕名而来，都想听一堂这位当年总考第一的才子讲课，拥挤得水泄不通的教室里，书生气十足的钱锺书站在讲台上，博古论今，引经据典，将那些枯燥的课程讲得活色生香。

"欧洲文艺复兴"和"当代西方文学"是高年级的选修课，修过他课的学生有许渊冲、许国璋、杨周翰、周珏良等，后来皆成了国内颇具造诣的学者和翻译家。其中，只比他小五岁的许国璋如是评价他："钱师，中国之大儒，近世之通人也。"

许国璋还说："钱师讲课，从不满足于讲史实、析名作。凡具体之事，概括带过，而致力于理出思想脉络，所讲文学史，实是思想史。师讲课，必写出讲稿，但堂上绝不翻阅，既词句洒脱，敷陈自如，又禁邪制放，无取冗长。学生听到会神处，往往停笔默记，盖一次讲课，即是一篇好文章，一次美的感受。"

大概考虑到为人师表的老成庄重，和多年来在国外养成的穿着习惯，钱锺书常选藏青色西服，脚蹬黑色皮鞋，脸上戴着他标志性的黑框大眼镜，那双深邃的眼眸，再加上他儒雅的外表，和淡定从容的自身魅力，俘获了众学生的膜拜之心。钱锺书有自己的风格，既不像叶公超先生讲课时，用大量中文弥补英文的不足，也不像吴宓先生那般古板教条，缺乏感染力。

超人的天赋和多年留学的资历，赋予他熟稔运用英文讲课的特权，甚至讲课时完全屏蔽掉了中文。谦卑的钱锺书，从不老成持重在课堂上提问学生，只是侃侃而谈胸中所积累的才学，更会时不时地调皮一次，将他的钱氏幽默运用到经典语句中，轻松地让学生们学习接受。

讲课时，钱锺书从不故作深沉，讲那些晦涩难懂的东西，总能把现有的资源适当又恰如其分地讲解出道理来。学校放映了《罗密欧与朱丽叶》的电影，观看过的同学们无不憧憬谈论，他便微笑着对同学们说："有些人看了电影，男的想做罗密欧，女的想做朱丽叶。"当有同学在课堂上请教"怀疑主义"的含义时，他又循着学生的思路，巧妙地回答："一切都是问号，没有句号。"如此富有哲理的语言魅力，和他敏捷的妙语连珠，引领着同学们一路穿行于知识迷宫。

一位叫作许渊冲的学生，直说他"语不惊人死不休"。

授课之余，钱锺书接受了《牛津大学东方哲学、宗教、艺术丛书》的邀请，兼职特约编辑，并在学校的刊物《今日评论》上发表了不少"冷屋随笔"。时光轻缓，已为人父虽不再年少却依旧轻狂不羁，孤傲清绝的他言语间依旧无所顾忌，笔下文字更蕴含许多对可憎社会现象的批评，以及文坛那些庸俗丑恶的讥讽，面对不堪他毫不留情地大加笔诛，对于正值年轻气盛时期的大学生们来说，读得痛快犀利，无不拍手叫好。

木秀于林风必摧

钱锺书的不谙世事，无形间就招惹出许多"有心人"。他的一言一举，都成了他们"对号入座"的"凭据"，远赴欧洲留深造积淀的才华，成就了他更深的学问渊博，每次都济济一堂的课堂，"成功"引来了一些师长的注目。木秀于林，势必会成为众矢之的，钱锺书在西南联合大学一时大受排挤。

为文而生的钱锺书，两耳不闻窗外事，只是一心沉浸在纯粹的文字中，至于世事中的钩心斗角，与他是没有关系的。从来骄傲如钱锺书，也相应地给了他轻狂骄傲不合俗众的偏执性情。

钱锺书的出色，也并没有稳固他在西南联合大学的永恒位置，任职不到一年，就有言传，西南联合大学在下个学年将与他解除聘约，与妻女离别了许久的钱锺书，已经无法忍受思念和诸多人的抵触针对。一九三九年夏天，钱锺书辞掉职位，一身清雅随性，意欲归家。至于父亲任职的湖南蓝田镇的师范大学，盛邀他前去筹建外文系这件事，他也颇感兴趣地正在思谋定夺。

对钱锺书历来深待的吴宓教授，一位真正的学者无法忽视钱锺书的学识，爱才之心始终如初。面对钱锺书被排挤后的辞职决定，痛心疾首，嫉妒英才是这世俗最滑稽的丑行，老先生亲自向外文系主任陈福田提议重新聘请钱锺书，但面临一帮老人的集体谏言，陈福田以沉默回绝了吴宓的请求，更甚者，他们还将校长梅贻琦聘请钱锺书来任教的电报也藏匿销毁，妄图将钱锺书在西南联合大学绽放的光芒，一笔抹杀。

吴宓先生彻底怒了，他义愤填膺地不顾人言，大声斥责"皆妇妾之道也"。他和陈寅恪联合起来，一同为此事呼吁奔走，最终仍没结果，体制永远是旧社会的一座大山，痛心疾首之余，老先生连连叹息："终憾人之度量不广，各存学校之町畦，不重人才。"

疾风偏吹劲草，有传言说钱锺书辞教时曾不可一世地说过："西南联大的外文系根本不行，叶公超太懒，吴宓太笨，陈福田太俗。"出众又倨傲的才子，总会被这样尖锐的话题包围，至于指名道姓的人身攻击，想来钱锺书先生是不屑的。他的钱氏幽默，从来都是知识经典的蕴含，编排出来的肤浅之词，堆砌虚假痕迹太过明显浓重。

但，他和叶公超先生还是就此结下梁子。老一辈的教者，有着迂腐古板的一面，面对先锋新潮的文化植入，深感根深蒂固的学识受到强烈威胁，他们联合起来谏言校长，终止了校长和学生们众望所归的继续聘教。至于钱锺书的锋芒达到了何种程度，在后来叶公超接受采访时，就可窥见。他根本不认同那些莫须有的传言，但却直率而敷衍地坚持自己的顽固，还极为傲慢地回答道，根本不记得钱锺书曾在西南联合大学教过书。

吴宓先生始终无法将钱锺书的离去视为时过境迁，他从未放弃过一丝挽回的机会，一九四一年年底，当陈福田请他商议系里事物，吴宓再次提出请钱锺书回校任教，虽然顽固势力依旧，这次竟然意外通过。陈福田为了表示诚意，更亲赴上海诚恳地聘请钱锺书回校，钱锺书却毅然拒绝。

面对吴宓先生深爱，钱锺书自是感恩，但以做学问为终身己任的他，厌倦了尔虞我诈的世事浮沉。钱锺书向来一身傲骨，他可以容忍原谅流言蜚语的不堪，却再也不想置身于俗世之中。知他的妻子杨绛曾写道："既然不受欢迎，何苦挨上去自讨没趣呢？锺书这一辈子受到的排挤不算少，他从不和对方争执，总乖乖地退让。他客客气气地辞谢了聘请，陈福田完成任务就走了，他们没谈几句话。"

辞职从湘西回到大家庭里，上有高堂在座，旁有妻儿相伴，虽处乱世，淡定从容的他，却是度过了一段惬意无比的舒心时光。

一所房子再大，钱家三代同堂，就显得狭窄逼仄，曾经的三口之家融入到了大家里，杨绛的身份也一路随着转变，那个从前只爱舞文弄墨的四小姐，从留学生变成母亲，此刻才算是真正做起了钱家媳妇儿，连婶婶都夸她是："上得厅堂，下得厨房；入水能游，出水能跳；盐钵头里的蛆，咸蛆（贤妻）也！"

杨绛不但要无微不至地照顾丈夫孩子，还要事无巨细地侍奉老人，融洽相处妯娌姑嫂，琐碎的家务无休无止地将她埋没，想静下来翻书写文，仿佛是梦中的事。

在钱家，她是唯一出洋留学的女子，且由于颇受钱父看中，姑嫂心中自然不平，如果再在家中读书，唯恐遭受奚落，以为她在故作姿态。多想重温旧梦，回到从前潜心读书的时光呀，杨绛思虑再三后还是放弃了。为了找些有趣的事打发时间，杨绛就买回一台缝纫机，钻在角落里，思量剪画着，给丈夫和女儿做衣服，这样一来，反而收获了许多书中学不到的现实沉淀。

她还不厌其烦地，帮人家缝衣锁边，加工一下小东西，更好地维护、加深了钱家上下的关系，一举两得的生活智慧，怕是只有杨绛才能做到的吧。

钱锺书和杨绛，也会偶尔聊天谈心，回味在外国的往昔，一拉开话匣就滔滔不绝。在牛津留学时，杨绛每天忙里忙外，照顾家庭的同时总是挤出更多时间学习。有天钱锺书午睡的时候，她就坐着临帖，不知不觉就困得趴在桌子上睡着了。就在这时钱锺书醒过来，蹑手蹑脚走过去，蘸饱了浓墨，调皮地在杨绛的脸上画花脸。

凉沁的墨汁，很快就把杨绛惊醒过来，她笑嘻嘻地嗔怪着丈夫，走到洗手间洗脸，想必是她的皮肤过于细腻滋润，任凭她认真洗了许多遍，墨色仍留有痕迹。大概是搓得有些用力，本就细嫩润白的皮肤，基本能看到毛细血管，红得像要滴出血来，吓得钱锺书心疼得不得了，手足无措地站在旁边，孩子般低着头不敢作声。

钱锺书再也不敢在妻子脸上作画了，心性爱玩儿的他，就常常在纸上画妻子的肖像，并且会自作主张地添上两撇胡子，也有时画上两个镜片，或扣上一顶礼帽，画完后就开心得不得了。回到国内他的画瘾又冒上来，就偷偷将玩兴转移了目标，趁着女儿阿圆熟睡，拿着毛笔在孩子的小肚皮上作起了画。

岂料，画兴正浓画得不亦乐乎的钱锺书，被杨绛发现，严肃认真地批评了丈夫一顿，他才彻底断了捉弄人的心思，从此后再也不敢泛起在人身上作画的念头。

钱锺书虽然痴性不改，但陪着女儿阿圆游戏，却是无师自通的，这是做父亲的天赋。为了花样不断翻新，他自创一种"埋地雷"的游戏，在每天晚上睡前玩闹上一番。"埋地雷"的地点是阿圆的被窝,钱锺书把玩具、梳子、砚台、小镜子和林林总总的毛笔之类,都当作"地雷"道具,一层又一层地埋藏好后,才允许女儿去"挖寻"。

阿圆有着妈妈的敏锐和聪颖,眼尖手快,像个真正的"排雷兵",极其迅速地一遍遍寻找,层层递进地搜查,然后抱出一堆"战利品",开心地嘲笑爸爸是个并不"高明"的"敌人"。这样一个藏一个找,没有太大智慧成分的游戏,成为父女俩乐此不疲的睡前必玩节目。这样的玩法,也不经意间锻炼了阿圆的反应能力和眼力,从侧面突显出钱锺书为人父的教育用心。

钱锺书和阿圆整日里,打打闹闹,嘻嘻笑笑,连上海飘摇动荡的背景,也被减淡了几分压抑恐慌的气氛。杨绛看着父女俩,大有一副天塌下来有高个子顶着的意味,无奈地笑了笑,她深深地明白,自己在这个三口之家的主心骨地位,期间发生的一件事,更显现出她的重要性和责无旁贷。

本就密布紧张气氛的平日里,突然发生了火灾,父女俩的反应如出一辙。杨绛回忆说:"忽见圆圆惊慌失措地从厨房出来急叫:'娘!娘!不好了!!!快快快,快,快,快!!!'接着钱锺书也同样惊慌失措地喊:'娘!快快快快快!!!'"杨绛在惊慌中手忙脚乱地灭火,父女俩却像隔岸观火的闲人,快活地嘻嘻哈哈。

后怕心悸之余,杨绛那天只勉强吃了一小碗粥,堵在心口,翻腾了半夜才入睡,"不要紧,有我呢",这是她爱丈夫,疼女儿,操持这个家最深也最无怨无悔的付出,照顾着两个"孩子",幸福又开心地为他们"闯下得祸",处理善后。

最令杨绛开心的是呀呀学语的阿圆,从法国回到中国发生了许多转变，太多的信息一股脑儿地涌进小姑娘的脑子，昨天面对的还是说法语的对门太太，和每天以无锡话交流的父母，现在又接触到一群说普通话的人们，和软糯细碎的上海话。小阿圆就像个贪玩的小猴子，捡一句学一句，跟着谁说谁的话，一岁多的孩子接受能力正是最佳阶段，因此阿圆小嘴巴里集汇了各色的南腔北调，她跟妈妈杨绛说的第一句完整的话是这样的："那（外）公说我杜（大）那（额）角楼（头）"。

小阿圆磕磕绊绊，拼凑起来表达出的意思，让全家人笑弯了腰，更喜欢这个可爱伶俐的小姑娘了。

杨绛的振华校长

    阿圆慢慢大起来，学会走路后满屋子乱跑，很是活泼好动，钱锺书和杨绛觉得应该搬到宽敞的房间里，给孩子一个舒适的空间，同时大家也能清静下来。得知情况后，杨绛的表姐就主动把霞飞路的房子腾出来一大间，他们也算是有了独立的空间。

    基于钱家森严的家教，她嫁过去是要足不出户，上奉公婆下理家务的，从大家庭里脱离出来，杨绛再也不用再顾忌太多的闲杂眼光，她就动了想出去工作的念头，同时想起父亲曾说过的话："钱家倒很奢侈，我花这么多心血培养的女儿就给你们钱家当不要工钱的老妈子！"心里更加坚定了走出去的想法。

    很快，杨绛就找到了一份家教，为富商女儿补习高中课程，日程表排得满满的，也就无暇顾及女儿，小阿圆由外公照看，幽默诙谐的杨荫杭戏称自己是"奶公"，在与外孙女的嬉笑漫语中，无形间走出了那些伤痛的阴霾，睡眠恢复了往日的香甜，为了给孩子一个清爽的印象，积极地剃了长须，小阿圆非常喜欢她的"奶公"，祖孙俩总是玩得很开心。

一个周末，一位两鬓斑白的老先生登门造访，杨绛认出他是母校振华女中的老校长季玉先生。互诉衷肠后，老校长动情地说，国之将倾匹夫有责，振华，振华，唯有知识振兴，中华才能崛起。

最后，老校长郑重地发出邀请，希望经过深造的杨绛，能出任新学校的校长一职，不仅薪酬优厚而且还诚意十足地在教育局立了案。由于战事影响，苏州大学成为沦陷区，振华女中被迫遣散，学生大都随着逃难的人潮来到了上海，于是校长便想要在这里筹建分校。

杨绛听后慌忙摆手，直言自己资历尚浅，根本没有驾驭的能力，如果是担任教职，由于孩子和家庭的原因，也只能考虑半年的时间。季玉校长坚定地说，做也要做，不做也要做，而且他还会相伴左右，直到杨绛适应了这个工作为止，尽管杨绛再三解释推脱，老校长还是执拗地请她上了早已停在门口的车。

一生在官场跌宕起伏，坎坷走过来的杨荫杭，遭遇了许多的不平待遇，影响着杨绛的人生价值观，父亲常以"狗耕田、牛守夜"来发泄心中的不满。父亲一直教导她，安心做好学问有所建树，做个博学的专家，即便是个系主任那样的小官职也要拒绝。这件事，最终杨绛还是听从了父亲的建议。

杨荫杭之前是振华学校的校董事会成员，对振华女校的历史了熟于胸，季玉先生的品德也是非常受人尊重的，他建议杨绛可以接受季玉校长的安排。略加思索后杨绛欣然上任，开始全面进入准备工作状态。在初期艰苦的环境里，杨绛跑前跑后筹备场地，谨慎严苛地选择师资，而且还非常认真地做了各方面的预算，系统地将整个学校的工作，进行了合理有效的编排安置。

老校长将振华女校的美元存折和钤记印章，亲自移交给杨绛，欣慰地说："我看人的眼光是不会错的，你做得很好，这里从今后归你全权处理，我走了。"

一九三九年，经过一年的筹备，振华女校分校开始招生，杨绛早已声名在外，成为学校的活招牌，没几天学生就招了满额。其中有一部分是之前的振华女中学生，另外的一部分是逃难来上海的一些孩子。杨荫杭向杨绛推荐了几个老师，加上她精心筛选出的各科老师，一切俱已完备，杨绛还将自己安排到了高三任教英语，振华分校开始走向了正轨。

杨绛历来雷厉风行，极具责任心，尤其是治学兴邦如此重大且有意义的事情。每天兢兢业业，鞠躬尽瘁，就连女儿阿圆生病出疹子，她这个做妈妈的也没能抽出时间陪着孩子看医生。她的心是纠结撕扯的，虽然负了阿圆却成全了学校里的莘莘学子。凡事不能以对错而论，杨绛不惜余力地投入到经营学校中去，管理教学，摸索出成熟有效的管理方法，从长远来看，这是兴国利民的千秋大业。

一兼两职，杨绛彻底忙得风生水起，半年后的振华女校，声名鹊起，远在故乡的老校长，写信来祝贺她的成就。杨绛疲惫地笑着，心情很是复杂。因为在外工作，她完全忽略了年幼的女儿和年迈的父亲，每天都见缝插针地在满满安排好的日程里，抽出一丁点时间陪阿圆片刻，教孩子唱儿歌和童谣，逗她笑。

杨绛外甥女和阿圆年龄相近，两个人又玩得来，不吵不闹，相处得和平融洽，小表姐读书的时候，阿圆就安静地坐在对面，眼睛也盯着书看。杨绛无意间发现了，就买来相同的《看图识字》给女儿，谁料到天资聪颖的阿圆，竟然丝毫不差地指认出每一个字，但她读书的时候却是别具一格的，必要将书颠倒过来看。

妈妈杨绛这时才意识到，自己对孩子的疏于照顾，阿圆这样的读书方式，完全是因为她经常坐在小表姐对面看书的缘故，即便是如此，女儿还是记住了每个字。了解到事情始末的家人，都自告奋勇地肩负起教育阿圆识字的重任，小小的她完全继承了父母的智商，学字学得又快又好，堪称过目不忘。

很快，阿圆就在大姨的指导下，认识了许多字，那股聪慧浸透着父母的天赋，小小年纪痴爱读书，还专拣长的故事看，杨绛就领女儿到书店让她自己挑了几本带着画的故事书。那套《苦儿流浪记》，阿圆刚翻开看了个开头，就突然大哭起来，非常悲伤的样子。杨绛急忙安抚她，说这只是个书本里的故事，而且只是开头悲苦，读到大结局是皆大欢喜的。但是，阿圆还是哭得不能自已，每看到这本书就哭，杨绛只好把书藏了起来，怕动不动就惹自己的女儿伤心。

这本书成了阿圆心目中的一个情结，多年后当她已经成为大学教授，就独自找到了《苦儿流浪记》的原作者和译者，和他们探讨了故事的情节和结局怎样怎样，纯真的阿圆善良而悲悯，随着岁月的流逝，那份对书中小主人公的牵挂并没有被妈妈藏起来，而是深刻地留在了她的心底，盘桓多年。

无论谁的陪伴，都抵不过母亲的爱，阿圆还是最喜欢跟在妈妈屁股后，做小尾巴。因为工作太过繁忙，杨绛很少有时间陪阿圆，阿圆就盯着妈妈不放，只要看到杨绛走进家门，她就牛皮糖似的黏在妈妈身上。乖巧的阿圆也不是无理取闹的小糊涂，每当妈妈坐下打开本子的时候，她就会静静地坐在一旁，杨绛就会递给她一本图文并茂的书，她就陪妈妈一起工作。

人老去的时候，性情就会改变许多，杨荫杭历来宠溺杨绛，对于这个比母亲还聪颖三分的外孙女更是多加宠爱，看到阿圆就像看到了小时候的女儿。性情刚直的杨荫杭，从来只将柔情隐藏内心，儿女众多却从未让哪个孩子与之同床共枕。但唯独对外孙女阿圆另眼相看，哪怕是现在逃难出来，睡床狭窄了许多，还是喜欢将她带在身边，为了更好地照顾她。

在老人眼里，阿圆是他的好伙伴，他最宝贝的一个台湾席子包的小耳枕，是亡妻生前特意为他制作的，中间留了个窟窿，可以容下耳朵，他一直带在身边，视为心尖珍宝。却也只舍得给阿圆睡，每日里和阿圆一起玩乐，笑眯眯的宠溺眼神，溢满了慈爱，怎么看都不够。

阿圆的舅舅从维也纳医科大学留学回国，杨绛就主动提出搬出去住，为大家腾出更宽敞的空间。杨荫杭抱着阿圆说："搬出去，没有外公疼了。"懂事的阿圆，大眼睛里吧嗒吧嗒掉眼泪，瞬间就洇湿了外公的裤子，祖孙俩就这样红着眼睛哭了起来。

杨绛看着一老一小，心中百感交集。离家数年没能尽孝膝下，如今父亲又事必躬亲地为她的事业，铸起坚强后盾，杨绛心里是感动着又内疚着的，她就用心地为父亲买衣物鞋帽，带他出去理发，还贴心地买些细软的点心，极力像母亲在时那样照顾父亲。

杨绛的心思是细腻妥帖的，她把那些点心用糖果罐分别装起来，过几天就检查一次，哪个少得多哪个就比较合父亲胃口，她就及时地抽出时间买回来补满。她在这种暗自欢喜的快乐中，默默地希望父亲能安享幸福。

父亲杨荫杭时常会坐着出神，深夜窗前伫立的孤独身影，临窗遥思原在苏州香山的亡妻，他在灵岩山买下一块墓地，并专程回到故地带回了妻子的棺木，直至一九三九年秋，小儿子从国外归来，聚齐一家儿女子孙，重新安葬了他们的母亲。

杨绛陪着父亲回到了故乡，山水柔美的苏州，早已满目疮痍。旧日的亭台楼阁，水榭香苑，被残垣断壁替代，像一场不堪的旧梦冰冷地演绎着，藤蔓荒草的画面。她的香闺，不再有字画悬挂，也没有了珍爱的金石玉器，只剩一片狼藉。这所老宅曾优美如画，有钱锺书的诗为证："苦爱君家好巷坊，无多岁月已沧桑。绿槐恰在朱栏外，想发浓荫覆旧房。"他们是如此依恋这个家，如今却只能陌路擦肩。

　　匆匆浏览过破败的家，他们去了公墓，礼堂中摆放着漆黑暗沉的棺木，刺痛了每个人的双眼，也刺痛了杨绛抽搐不止的心。记忆温暖现实冰冷，那么真实亲切的笑容还在眼前盘旋，却只触摸到前尘往事堆积而成的灰尘。

　　兄弟姐妹齐刷刷跪倒在墓前，看着母亲被掩埋起来，长眠于乡土，哭声响彻山野，心痛得不能自已。

江南雨愁沪上经年

钱锺书与杨绛

蓝田小镇独孤影

行走过风雨沧桑，停留过温馨港湾，最终还是要上路，自昆明回来一直赋闲在家的钱锺书，于一九三九年十一月一路从上海赶到宁波，途经金华、宁都、宁兴、庐陵等地，和几名同行者跋山涉水相约赶赴位于湖南宝庆的蓝田镇。

经过数番舟车劳顿，他们终于来到蓝田，钱父早已等待儿子多时，对于他们的到来，倍感欣喜。峰回路转间，如画风景旖旎退去，钱锺书的思绪也随之纷飞涣散。

爱妻与女儿远在上海，他只身离家谋职虽为己身责任，但却缺失了许多美好的陪伴，当妻子在学校疲惫归家时，他不能为她端一杯热茶；当两岁的阿圆慢慢长大时，她的童年在多年后回忆起来，也会没有父亲的影子存在。

从来都意气风发的钱锺书，经历过世事变迁后，涉世红尘，渐渐在各种现实的考验里，历练出坚韧的性情。

　　沉浸在游离的思绪里，航船行走了一天多的时间，暮色沉沉的傍晚，行至宁波郊区，天色越发阴沉顷刻大雨滂沱。刚刚乘上黄包车的他们，遭此突发状况，急忙忙间就近找了间小旅馆，入住安歇。

　　像是专程为他们描画好的风景盛宴，雨过天晴的第二天早晨，美到不可方物。路途寂寥，行程尚早，将一日光阴付于斯地的雪窦山，也算是途经此处的因缘际会。遇见美景并非一生中常有的事，不如随遇而安，乘兴登山游览。

　　碧色如洗的山林，空气清新甜润，鸟鸣啁啾脆生生地沁人心脾。青山碧水间，坐落着古刹雪窦寺，更为美景增添肃穆深沉的蕴含。如此美景，怎能没有诗词来配？钱锺书当即诗兴大发，组诗《游雪窦山》五首，其中一首如是云：

> 山容太古静，而中藏瀑布。
>
> 不舍昼夜流，得雨势更怒。
>
> 辛酸亦有泪，贮胸肯倾吐。
>
> 略似此山然，外勿改其度。
>
> 相契默无言，远役喜一晤。
>
> 微恨多游踪，藏焉未为固。
>
> 衷曲莫浪陈，悠悠彼行路。
>
> 天教看山来，强颜聊自诩。

　　能在动荡乱世中觅得片刻清欢，当是上天厚爱，在宁波逗留两日后，他们一行人又乘船前行。颠簸辗转间，寓居金华竟达一周之久，因为买不到票，行程受阻，再然后的前行中，又会因为托运的行李迟迟不到，不得已等待，这趟旅途被预期拉长到无限延续。

万里炊烟断，一路萧条景，日本侵略者的铁蹄所过之处，荆棘密布，荒无人烟，旅途中的人被这凄凉景致感染，心生颓废。就这样一路毫无章法地到达庐陵境，盘缠已被消耗到几乎弹尽粮绝。为了能温暖一下饥饿的肺腑，他们搜刮出兜里仅剩的几枚铜板，登上岸买了热乎乎的烤山芋，狼吞虎咽起来。

一群斯文学者的狼狈相，恰被附近的旅店东家撞见，惜才之心顿生，就免费为他们提供食宿，还盛情地做了一桌简单饭菜招待他们。

后来，钱锺书在书中回忆："军兴而后，余往返浙、赣、湘、桂、滇、黔间……形羸乃供蚤饱，肠饥不避蝇余。"可想当时他们的处境是局促的，居住的旅馆不仅简陋，且因为战乱居住的旅客较少，衍生出许多跳蚤，虽躺在床上却夜不能寐，就这样禁受着咬噬，苦挨到天亮。

对于钱锺书来说，这样的环境也能置之度外，即便是旅途不便，他也坚持将一本英文字典带在身侧，同行的教授就好奇询问，他笑答，字典是旅途中的良伴，上次去英国时，轮船上唯有约翰生博士的字典随身相伴，深得读字典的乐趣，现在已养成习惯。

这是锺书读书的痴性所在，称得上特殊癖好，从年轻一直坚持到老，他不仅爱读那本二十世纪四十年代的《简明牛津字典》，还在阅读学习的同时，密密麻麻地做了注。他超人的记忆力发展到后来，甚至能挨着字母逐条阅览，还能把新版本上的新条目补充到旧书之上。

在钱锺书为学生们授课的过程中，他就反复建议大家，要多学习词典里的知识，看书时千万不能望文生义地胡猜，看似查字典是在占用学习，其实更加深刻地奠定了知识基础。对此，钱锺书强调，不求甚解的态度不能用之于精读，前人所著字典，常常记载旧时口语，表现旧时习俗，趣味之深不足为外人道者。

旅程就在这样的反复辗转中，穿越了千山万水。到达蓝田镇之后，钱锺书直接就走马上任外语系主任，学校专门为他亲设了几门课程，讲台上他又恢复了往日的儒雅风范，引经据典信手拈来。同为中文系主任的父亲，看着自己的儿子光芒四射，心中自然欣喜，他说，默存懂得好几种外文，而且中国的古书，他也读得比我多，我却只能看林琴南译的《茶花女遗事》。

钱锺书就是一本积累了深厚知识的百科辞典，上至天文地理，下至历史政治，无一不精通博学，讲起故事和经典口若悬河带着特有的钱氏幽默，让听者着迷沉醉，又能从中吸取丰富的知识。

他平时不仅在讲台上为学生讲课，课余时还会被同事邀请，大家聚在一起"侃大山"。钱父的助教吴忠匡回忆道："晚饭以后，三五好友，往往聚拢到一处，听锺书纵谈上下古今，他才思敏捷，富于灵感，又具有非凡的记忆力和尖锐的幽默感。

每到这一刻，锺书总是显得容颜焕发，光彩照人，口若悬河，滔滔不绝……听钱锺书的清谈，这在当时当地是一种最大的享受，我们尽情地吞噬和分享他丰富的知识。"

任教蓝田师范学院的日子是悠闲安逸的，钱锺书除了授课，还不辍笔耕，读书练字。闲下来的时候，他也会到父亲的屋里坐坐，听老人家讲起他小的时候，就曾绘声绘色给大家讲故事，长大了经过读书和深造，更是满腹经纶，讲起博古通今的故事，更加令人钦佩仰慕。

关于他讲故事的景况，流传下一则趣谈。

话说有一次，钱锺书同吴忠匡一起去徐燕谋在校外的寓所，当时恰有几个同事在座，大家便央求他说故事听，钱锺书还未落座，就戴着礼帽，手拿拐杖，站立着兴致勃勃地讲起了文人才子的奇闻逸事。孩子气十足的钱锺书，说到兴致所在，手舞足蹈，精彩纷呈。

两个小时后，钱锺书在大家的意犹未尽中，离开了同事的寓所，平静下来后，他突然发现，自己在讲故事的时候手足并用，竟然戳烂了徐燕谋的蚊帐，几个明晃晃的大窟窿赫然悬挂着，奇怪的是，竟然没人发现。

由此可见，钱锺书讲故事的水平，非一般人所能及，堪称引人入胜。当年在场有幸听故事的人，评价说："锺书非常健谈，锋芒所指，鞭辟入里，汪洋恣肆，趣味盎然；听他一席话，胜读十年书，真可谓人生一乐。"

对于没有追求的人来说，许多日子是单调无味的，但是对钱锺书来说，只要有书在身侧，无论何处都是安居。蓝田师范学院，虽地处偏僻，但因属"国立"学校，学校的师资和图书馆颇具规模。

这遥远的小镇，成全了他一个人的斗室书香，无数个晨昏午后，博览群书成了他浅淡岁月里的碧海蓝天，他在书中肆意波澜，边读边做笔记，在木炭燃起的温暖火炉边，伴着桐油孤灯，忘却了寒冷气候，和漫长孤寂的时光。

边读书边创作，是钱锺书历来保持的习惯，尤其爱作旧体诗。隐逸蓝田的时光是避世又无扰的，也促成了他一生中旧体诗创作的高峰期。身负育才重任的钱锺书，看着内忧外患的祖国，始终心有戚戚，无可奈何地看到一些著名高校，为了培育人才不得不迁至僻壤，就以诗抒怀：

昔游睡起理残梦，春事阴成表晚花。

忧患遍均安得外，欢娱分减已为奢。

宾筵落落冰投炭，讲肆悠悠饭煮沙。

笔砚犹堪驱使在，姑容涂抹答年华。

文人以诗诛讨恶行，伤世情怀仿佛滔滔不绝的江水，借以泻去胸中沉积的郁闷。见证一个时代的最直接借鉴，就是那个时代的文人笔端，也许写诗只是钱锺书发泄情绪的载体，也凸显着他爱国的一颗火热红心。

历经万里风云，千径归途，钱锺书的诗歌已然褪去当年清华的书生气，演更出深博沉静的风韵，这是他创作的成熟期，写出了他写作生涯中最好也最多的诗歌。从他的诸多作品中，可窥钱锺书博古通今的实力，汇集众家所长，具有杜甫的沉郁、孟郊的瘦寒、黄庭坚的深辟、杨万里的清新，乃至黄仲则的自然。

钱锺书的诗是再酿的新酒，漂浮着陈酿的老香，句句自有出处，字字源于经典。他的经典著作《谈艺录》，也正是这个阶段创作而出，以札记形式采用短小精悍、清丽雅致的文笔，零散地完成了中国最后一部集传统诗话之大成的巨作，创下中国诗话之里程碑。

开篇序言，他开宗明义地说："《谈艺录》一卷，虽赏析之作，实忧患之书也。予侍亲率眷，兵罅偷生。如危幕之燕巢，同枯槐之蚁聚。忧天降压，避地无之，虽欲出门西向笑而不敢也……"身处忧患中，以一棵忧患心著书立传，实是一介文人以此励志的表达。

这些文章被钱锺书写在粗糙的毛边纸上，以每晚一篇的力度，进行创作，写到一定阶段，再回头修改，不断修订补充，以至于每张纸都密密麻麻写满了字，别人是无法看得懂的，这样的高深唯有先生自己才能诠释。

陶渊明、李长吉、梅圣俞、杨万里……他每写一篇，便交给几位友人品读，吴忠匡、徐燕谋等人都保有录本，直至他离开蓝田小镇前，将书写了半本的书稿，夜以继日地誊抄了一遍，原稿则付与吴忠匡收藏。

蓝田的日子，温软如水，流逝间就远去了两年，一九四一年暑假，钱锺书乘船回上海探望妻女，恰逢"珍珠港事件"爆发，来路隔断去路渺茫，困在上海这座"孤岛"，他再也不能回到蓝田小镇。回想起尽心尽职的任教生涯，他从未以主任自居，不仅任教多班，还长年累月代课各年级英语老师读的课程，方便老师们为家事和自身健康誊出时间。

钱锺书是一块温润的玉，美好且独具风范，棱角形状都是恰到好处的样子，从清华学府、牛津大学、巴黎大学到蓝田师范、一路走来，散发着无法掩饰的光芒。

倾城之地时光碎

从蓝田小镇回上海，又经数月辗转，旅途的不便与困顿将钱锺书折磨得非常狼狈，尤其他一向被杨绛照顾惯了。杨绛只望见一向斯文儒雅的丈夫，头发长得犹如杂草参差不齐，身上长衫皱得像是被揉乱的菜叶子，她后来回忆说："锺书面目黧黑，头发也太长了，穿一件夏布长衫，式样很土，布也很粗。"

那一刻的心酸，除了思念之外更多的是内疚，彼此亏欠，互生怜惜，他之于妻儿不能陪伴朝夕而心伤，她之于没有亲侍丈夫左右而难过。然相逢便是春天，再多的考验与挫折也都走了过去，现在一家人的心是朵朵花开，馨香满堂。

钱锺书张开双臂想要拥抱女儿阿圆，小姑娘却睁着圆溜溜的大眼睛警惕地牵着妈妈的手，她已不记得这个男子是何许人也，两年未见，那些淡薄的记忆早已消失不见，做爸爸的心里堵得酸楚，他在女儿眼里与陌生人无异。

小阿圆疑惑地看着这个"陌生人"竟然一路随着妈妈一起回了家，而且将带来的行李"毫不客气"地搬到了她们的家里，她的小小心思，就动了起来。任凭钱锺书给她水果、糕点，阿圆并不领情，没有接过来的意思。

"贿赂"不成，钱锺书无比尴尬，不知该如何亲近女儿，杨绛在一旁忙碌着，心里暗笑，想看看丈夫怎么和女儿"冰释前嫌"。当钱锺书挠着头还在想办法的时候，阿圆已经忍不住爆发了："这是我的妈妈，你的妈妈在那边。"一句话逗笑了家里的每个人，小孩子的心清澈如镜，所有人都明白她是在保护自己的妈妈，对于钱锺书这个突然出现的外来者，是排斥又懊恼的。

钱锺书的孩子气被女儿可爱认真的模样逗了起来，这时反倒有了主意，顺着阿圆的话往下问："我倒问问你，是我先认识你妈妈，还是你先认识？"

"自然我先认识，我一生出来就认识，你是长大了认识的。"两个最亲近的人为杨绛"争风吃醋"，这样的"殊荣"使杨绛再无法忘记，即便是多年之后，她依旧记忆犹新，一个依赖、珍爱妈妈的小小的小情人，说出的是这世上最美的情话。

钱锺书显然也被阿圆的话震慑，却也被她的天真逗到眉开眼笑，爸爸知道争论下去是根本没有胜算的，他就拉过女儿趴在阿圆的耳朵边呢喃了片刻，谁料到，钱锺书就像施了魔法，阿圆所有的警戒瞬间瓦解，态度也一下子就热情起来，抱着爸爸亲昵无比，甚至超过了对妈妈的依恋。

杨绛的心理落差极大，一会儿被宠爱到争夺，一会儿又被冷落到无人问津。父女俩很快就成了"好哥们"，每日里形影不离，玩打疯闹，阿圆奶奶就笑呵呵地说，儿子和孙女就是"老鼠哥哥同年伴儿"，从前那个乖巧文静的小姑娘，在爸爸回来之后变成了"疯丫头"。

她从小就与一群长辈相处，每日里读书、写字、讲故事都是正襟危坐的事情，爸爸这个长辈是有别于那些长辈的，他是阿圆的玩伴也是她的好老师，在玩闹中教女儿读书更见成效。

钱锺书爱杨绛爱到骨子里，疼女儿更是疼到了心尖尖，为了给阿圆唯一的全部的爱，他就和杨绛商定只要阿圆一个，要把所有的爱都给她一个人，若是有了另外的孩子，会冷落孩子，让她伤心孤寂的。

钱锺书安定下来之后，开始到震旦女子文理学院做钟点式教学，经过认可后被学校正式聘为教授，顶替了岳父杨荫杭的职位，在此任教一直到抗战结束。振华女中分校停办之后，杨绛一边照顾家庭，一边到小学里代课，生活紧凑又充实。

一九四一年十二月，上海沦陷，他们被困沦陷区，虽然与外界隔断联系，但也为文学创作提供了较宽宥的空间。钱锺书与同事陈麟瑞因为学识相近，成了很好的朋友，再加上两家住得很近，杨绛和陈麟瑞的太太也成了好朋友。学者间的友谊，并非家常来往那么肤浅，在创作方面颇有建树的陈麟瑞鼓励杨绛进行戏剧创作，"孤岛"中的荒芜岁月在孜孜不倦的向上精神里，开出了欣欣向荣的花朵。

杨绛后期的剧本创作，受陈麟瑞的影响匪浅，这也成为她走上这条道路的重要原因之一。锺书的另外一个朋友，上海实验戏剧学校创始人李健吾，从巴黎留学回来后，长期从事外国戏剧改编，并自己创作剧本、短篇小说和散文，做导演。

这些多才多艺的学者，同时给予了杨绛大量的帮助和引导。被日本兵践踏的上海乌烟瘴气，学者们却岿然不动，钱锺书的散文集《写在人生边上》也在当时出版，书中选录了他在国立西南联合大学时所做的十篇"冷屋随笔"。陈麟瑞、李健吾对此提供了很多意见和建议。

他在序上写道："人生据说是一部大书。假使人生真是这样，那么，我们一大半作者只能算是书评家，具有书评家的本领，无须看得几页书，议论早已发了一大堆，书评一篇写完交卷。"钱锺书还谦卑地写道："假使人生是一部大书，那么，下面的几篇散文只能算是写在人生边上的。"

从精神回归现实，上海当时的水深火热是不容忽视的。恐怖气息四处笼罩，日本军在各个关卡，草木皆兵地盘查来往行人，每个身在其中的人都屏息凝神，深恐一个疏忽，就会惹来"杀身之祸"。杨绛每天都要乘车上班，在不经意间与死神来了一次擦肩邂逅。

那天她像往常一般出门乘坐有轨电车，通过黄浦江大桥时被桥上把守的日本兵拦截，叱令所有乘客下车步行过桥，只允许空车过。大多乘客都战战兢兢地在路过日本兵哨位的时候，向那些侵略者点头哈腰，这更增长了日本兵丧心病狂的气焰，过了桥他们还要上车检查，所有人必须站立深躬。

杨绛被大家的软弱刺伤，大家站起来的时候她磨磨蹭蹭地并未起立，恼怒的日本兵无法容忍这个娇小的女子，竟然敢无视大日本帝国的规定，气哼哼地用食指将她的下颌猛力上抬，盯着她的眼睛怒视，杨绛也不甘示弱地盯着那个日本兵的眼睛，狠狠地回敬："真是岂有此理？！"

原本就静到无声的车内，被这一声高喊震得更加悄无声息，大家的汗都齐刷刷地往外冒，生怕被这个弱小却不识时务的女子连累，都不知她何来的胆量跟日本人叫板，心中愤愤的。

日本兵愣在了当场，被杨绛的威严震慑，四目对恃间对方在她的眼神里惨遭败北，这个凛然的玲珑女子丝毫没有退却的恐惧，也许是杨绛的正义击退了邪恶，也许是那个日本兵还仅存一丝怜悯之心。

电车就这样驶过黄浦江，寂静的空气哗然爆炸，车厢里的人群沸腾喧嚣，杨绛成为大家议论的焦点，许多人都围过来问她哪里来的这么大勇气，敢以死相博。此时的杨绛长吁了一口气，认真地告诉大家："我也只是个女子，当然也知道害怕，但是我一个中国人，不能辱没了国人的尊严！"

这席话虽短却铿锵有力，电车上的人们都若有所失地低下头，车厢里回复到了开始的平静，胸中却各自汹涌澎湃。从这次遭遇之后，杨绛依旧坚持每天走路上班，她的正义感根本无视不了那些不平的事情再发生，唯有远离不再遇见这乱世中的不平事。

钱锺书知道后勒令妻子在家教看女儿阿圆，独自承担起养家糊口的重担，微博薪水虽然仅够维持度日，然而一家人能在一起其乐融融，那种幸福是家财万贯也无法比拟的。

又是一年中秋，是夜，明月盈满圆润。大上海奢靡不减往昔，万家灯火闪烁明灭，有多少无家可归、流浪孤岛的人们不能团聚，故土难回。压抑的环境之于钱锺书一家，并未产生多大的影响，但国之将破的沦落感时时刻刻践踏着夫妇俩的心，钱锺书亲眼所见生灵涂炭，忧虑愁思化作点点浓墨，以诗抒怀。他当时作下的诸多诗篇，颇为悲凉沉郁：

（一）

赢得儿童尽笑欢，盈盈露洗挂云端。

一生几见当头满，四野哀嗷彻骨寒。

楼宇难归风孰借，山河普照影差完。

归时碧海青天月，触绪年来未忍看。

（二）

故国同谁话劫灰，偷生坯户待惊雷。

壮图虚说黄龙捣，恶谶真看白雁来。

骨尽踏街随地痛，泪倾涨海接天哀。

伤时浑托伤春惯，怀抱明年倘好开。

（三）

倍还春色渺无凭，乱里偏惊易岁勤。

一世老添非我独，百端忧集有谁分。

焦芽心境参摩诘，枯树生机感仲文。

豪气聊留供自暖，吴箫燕筑断知闻。

内忧外患的当局形势下，钱锺书的笔端更加慷慨激昂，但这剑拔弩张的英气，引起了时事争端，日本人公然逮捕了柯灵、李健吾等文人志士，并于一九四五年四月，秘密潜入钱锺书家中进行搜查，杨绛镇定自若地为不速之客沏茶倒水，借机把钱锺书辛苦撰写的《谈艺录》手稿，藏到了半楼梯上的亭子间，又悄然嘱托家人速告钱锺书暂别归家。

那段日子，钱锺书按捺着胸中的报国之愿，将精力投入到了创作中，一气呵成四篇精悍小说《上帝的梦》《猫》《灵感》《纪念》，并定名《人·兽·鬼》以待结集出版。与此同时有个叫周节之的学生拜在他的门下，时常央求老师代为购书，买回来却又不用心攻读，也就得益了钱锺书，沉郁的环境里有书筑起悠然南山，清贫却富足安逸。钱锺书为此还在每本书上都题下"戒痴斋藏书"，还心心念念地专门刻了个"戒痴斋"的印章。

淡泊从容，平安健康，这是钱锺书和杨绛信奉的生活信条，在一起，才是这世间最幸福之事，钱锺书认真地对杨绛说："从今以后，咱们只有死别，不再生离。"

就让我们在这乱世里的颠沛流离中，一起面对风雨，坦然前行。

围城里酝酿《围城》

这段围困"孤岛"的时光，反倒成就了杨绛在文学创作方面的创作。一九四三年春天，经过她悉心创作，屡次修改的四幕剧《称心如意》，被搬上舞台正式公演，在印刷的宣传片上"杨绛"这个名字从此后跟随了她一生，这是杨季康为自己取的笔名。

《称心如意》上映后好评如潮，受到鼓舞认同的杨绛文思泉涌，一发不可收拾，一鼓作气创作了《弄真成假》《游戏人间》《风絮》。其中《弄真成假》成为她的又一喜剧代表作，上演后，成为了中国话剧界的经典作品。

杨绛先生九十六岁高龄那年，时光的脚步走到了二〇〇七年，这部剧的影响性一直持续到现代戏剧界，再次搬上话剧舞台。杨绛为此专门写下名为《"杨绛"和"杨季康"——祝贺上海纪念话剧百年》的文章，感叹："'想不到戏剧界还没忘掉当年上海的杨绛。……我惊且喜，感激又惭愧，觉得无限荣幸，一瓣心香祝演出成功。"

随着时代发展，为了迎合现代人的欣赏口味，近些年许多经典老戏都被翻拍，甚至改得面目全非。在导演杨昕巍几番解释和保证后，杨绛犹豫再三，同意在不修改原著的前提之下，免费授予该剧的版权。

在当时，杨绛一度成为大众偶像，才华横溢的钱锺书也在大家的口中，冠以"杨绛的先生"称呼。李健吾先生曾这样评价："假如中国有喜剧，真的风俗喜剧，从现代生活提炼的道地喜剧，我不想夸张地说，但我坚持地说，在现代中国的文学里面，《弄真成假》将是第二道纪程碑。有人一定嫌我过甚其词，我们不妨过些年头来看，是否我的偏见具有正确的预感。第一道纪程碑属诸丁西林，人所共知；第二道我将欢欢喜喜地指出，乃是《弄真成假》的作者杨绛女士。"

有次，钱锺书在剧院观赏妻子的《弄真成假》，他的心中冒出了要和妻子"并驾齐驱"的想法，这对文学上的绝代璧人在彼此的温情和鼓励中，灵感此起彼伏。钱锺书告诉妻子，他要写一部长篇小说，杨绛听闻心中涌起波澜，她一直是崇拜丈夫的，为他的才气所折服，希望丈夫能将自己的文字推向更高的高度。

正值创作巅峰期的杨绛，就这样一手承担了所有的家务，为钱锺书营造出舒适空间，让他全心全意地搞创作。这一写就是两年，钱锺书减少了授课时间，家中生活越加清贫，杨绛辞掉了女佣，凡事亲力亲为，她在文字中记述："劈柴生火烧饭洗衣等我是外行，经常给煤烟染成花脸，或熏得满眼是泪，或给滚油烫出泡来，或切破手指。可是我急切要看锺书写《围城》，做灶下婢也心甘情愿。"

从一九四四年开始，钱锺书以每天五百字左右的进度，开始了《围城》的创作，缓慢而沉稳地一次成稿，基本不做改动。妻子杨绛是他的第一个读者，每次他写好之后心里是急切得到肯定的，杨绛的心里也是迫切等待着新段落的诞生，相互紧张着，像两个等待果子成熟的孩子，恨不得一夜之间就摘得硕果满筐满篓。

《围城》一书中的大多场景，都浸润着钱锺书生活阅历中的深刻痕迹，主人公方鸿渐在回国船上经历的种种细节，正吻合了他们一家三口乘坐阿朵士2号的见闻，比如他亲眼所见法国警官与犹太女人调情，还有那些一同回国的中国留学生百无聊赖扎堆儿打麻将的情景。

钱锺书的幽默和讽刺风格，并非一般的愤世嫉俗，而早已将哲理问题，看待得入木三分。他在描写鲍小姐的性感外表时，文字用得尤其令人拍案，人们无法理解这个文学奇才，是怎样将这些不同类别的道理，讲述后综合到天衣无缝，又仿若天生就该如此一般神奇。

钱锺书写道："那些男学生看得心头起火，口角流水，背着鲍小姐说笑个不停。有人叫她'熟肉铺子'，因为只有熟食店会把那许多颜色暖热的肉公开陈列；又有人叫她'真理'，因为据说'真理'是赤裸裸的。"他将东方审美结合西方思想，以通俗调侃的句子描写，读出来的思想精髓闪光到惊艳。

《围城》一书中共有七百多条比喻，句句经典字字珠玑，以浅显通俗的文字，折射出非同一般的高度，他的文字有一种神奇的力量，让人一边捧腹却又一边深思。这是钱锺书在人生岁月中的沉淀，虽不入世却能看透世事，淡泊一生，唯文字为信念。

钱锺书不屑流俗于平常生活，睿智清澈地站在世外，现实生活中那些跳梁小丑的行径在他的笔下，用精粹的语言中将世事道遍。对于镀金的留学文凭，用极其讽刺的语气写："仿佛有亚当、夏娃下身那片树叶的功用，可以遮羞包丑"；文中披露人性虚荣，以韩学愈在国外留学一无所成为载体,展开了一系列的行骗过程,先是骗了爱尔兰人的文凭,又蒙过了方鸿渐。

他将国破家亡的忧虑带进了文字里:"也许是中国自有外交或订商约以来唯一的胜利",令读者深思觉醒;而他写日军侵略中国时,并未以凄凉恐慌的句子描写,而是以别样的描写,抨击了日本侵略者恬不知耻的丑恶行为:"以后飞机接连光顾,大有绝世佳人一顾倾城、再顾倾国的风度"。

行文渐深,方鸿渐一行五人去往三闾大学的旅途描写,也随着他的笔触延伸到了蓝田小镇,只是情节和人物丝毫没有瓜葛,他只是巧妙地以自己的经历,铺开了小说的背景,方便更好地展开,升华。在多次由异国到故土,由故土到各地,又由各地到各地的旅行里,钱锺书感悟到旅行在人生中的道理,写进了书中:"旅行是最困顿,最麻烦,叫人本相必现的时候。经过长期苦旅行而彼此不讨厌的人,才可以结交作朋友。"

钱锺书在《围城》序言里写道:"这本书整整写了两年。两年里忧世伤生,屡想中止。由于杨绛女士不断地督促,替我挡下了许多事,省出时间来,得以锱铢积累地写完。照理这本书该献给她。"这本书是钱锺书一生中唯一一部长篇小说,如此由衷的心声并非表面的煽情,实则肯定了杨绛辅助钱锺书完成《围城》的过程中,不可抹灭的功劳。

与其说钱锺书撰写了传世巨作,不如说妻子杨绛成就了他的灵感思维,他们是夫妻,更是知己,更是任何人也无法取代的爱人。

一九四六年二月,《围城》定稿之后,首发是在《文艺复兴》上连载的,随后编入《晨光文学丛书》。面世的几十年内,无数读者被这本小说所吸引,反响经久不息,由多家出版社多次出版印刷,钱锺书的知名度再次进入新高度,戏剧作家杨绛的光芒渐被掩盖,成为了"钱锺书夫人"。

琴瑟和鸣的一对举案齐眉人，谁为七弦的琴谁为二十五根的瑟，已无关紧要，重要的是他们共栖的梧桐木弹奏出了这世上最美的音色。

艺术都是来源于生活又高于生活的，钱锺书从他熟悉的时代、熟悉的地方、熟悉的社会阶层取材，但组成故事的人物和情节全属虚构。尽管某几个角色稍有真人的影子，事情都子虚乌有；某些情节略具真实，人物却全是捏造的。通篇读遍，一字一句无不透露出钱锺书炉火纯青的功底。

钱锺书笔下刻画的人性，犀利独到，带着令人无法回避的尖酸刻薄，读者读了眼前仿佛就有了即视的画面感："一个人的缺点正像猴子的尾巴，猴子蹲在地面的时候，尾巴是看不见的，直到它向树上爬，就把后部供大众瞻仰，可是，这红臀长尾巴本来就有，并非地位爬高了的新标识。"他对人性的讥讽，还远不止这些："上帝会懊悔没在人身上添一条能摇的狗尾巴，因此减低了不知多少表情的效果。"

众生百态，在钱锺书的笔下，真相毕露，鲜明呈现。

《围城》一书不仅妙趣横生，而且生动逼真，许多人读来都信以为真，以此评论这部著作是钱锺书的自传，许多女读者甚至直接写信表达对他的倾慕，要拯救他于"水深火热"的婚姻。当他的好友李健吾看到手稿时，忍不住感叹钦佩：这个做学问的书虫子，怎么写起了小说呢？而且是一个讽世之作，一部"新儒林外史"！

面对热评舆论，杨绛作为丈夫的代言人写文辟谣，事实上，小说主人公方鸿渐，取材于他们的两个亲戚："一个志大才疏，常满腹牢骚；一个狂妄自大，爱自吹自唱"，但他们看过后，都不认为自己是方鸿渐，因为他们并没有那般的经历。方鸿渐当然不是钱锺书，他们不过都是无锡人而已，人生经历是远不相同的。

以此往下推，与方鸿渐走进围城的孙柔嘉也并非杨绛。杨绛说："相识的女人中间（包括我自己），没一个和她相貌相似，但和她稍多接触，就发现她原来是我们这个圈子里最寻常可见的。她受过高等教育，没什么特长，可也不笨；不是美人，可也不丑；没什么兴趣，却有自己的主张。"孙小姐与方鸿渐同去湖南教书，又同回上海，这是杨绛同钱锺书不曾干过的。

在那个时代，方鸿渐与孙柔嘉也只是众多新生代知识分子中，较为典型的一对夫妻。在现实生活里，无爱可循又相偎取暖，正如钱锺书在书里写的那样："结婚无需太伟大的爱情，彼此不讨厌已经够结婚资本了。"结合到现实状况，杨绛做了精辟评价：孙柔嘉"最大的成功是嫁了一个方鸿渐，最大的失败也是嫁了一个方鸿渐"。

钱锺书的诸多经典语录，串连起来真正是寥寥数语，就道尽了爱情与婚姻的真谛。

"爱情多半是不成功的，要么苦于终成眷属的厌倦，要么苦于未能终成眷属的悲哀，"于是，"爱熄灭了灯，心围一座城"，在爱情憧憬里回归现实的两个人，就走进了婚姻，但却不知，"婚姻是一座围城，城外的人想进去，城里的人想出来。"这时的"爱情仿佛金漆的鸟笼，笼子外面的鸟想住进去，笼内的鸟想飞出去，所以结而离，离而结，没有了局。"因此，走着，走着，两个人就在这世间走散了。

《围城》的智慧，不仅是关于婚姻的深刻诠释，更是人生透彻的智慧，也是钱锺书的智慧。夏志清说："《围城》是中国近代文学中最有趣和最用心经营的小说，可能亦是最伟大的一部……它的喜剧气氛和悲剧意识，我们可以肯定地说，对未来时代的中国读者，这将是民国时代的小说中最受他们喜爱的作品。"

诚然，《围城》的杰出并非一日之功，也并非天才偶然的神来之笔，这是生命沉淀后的厚度，也是爱情升华后的必然呈现。钱锺书和杨绛这对文坛巨匠，是辛勤努力的学者，更是情深意笃的尘世逍遥伴侣。

不再生离却又死别

在钱锺书抬笔撰写《围城》的那年春天，父亲杨荫杭为了不让女儿分心，全心全意照顾女婿写作，就在大女儿和三女儿的陪同下回到了苏州庙堂巷的老房子里，继续潜心研写自己的著作《诗骚体韵》。

一九四四年正值抗日战争胜利前夕，日本人最后的疯狂，让人对乱世的恐怖更增添了几分绝望。分别前，父亲拉着女儿的手絮絮叨叨，琐碎言语说到不能自已，杨绛心中莫名地涌上无助不安，在这乱世里苟且多年也不曾有过这样的情绪。

暑假的假期，杨绛一如往日繁忙到抽不出时间，分外想念外公的阿圆，随着七姨乘火车前往苏州老家探望。那是父亲杨荫杭生前最后的快乐时光，那所破败荒凉的老房子里，充满了祖孙两代开心幸福的笑声，老人晚年在颠沛流离中辗转，最后能回到老家落叶归根，有最珍爱的外孙女阿圆陪伴过那个夏天，也算得上圆满了。

假期将满，阿圆又要与外公分开，虽然这次不像小时那般痛哭流涕，但也少不了泪眼婆娑，杨家姐妹看着昔日伟岸威严的父亲，脆弱到潸然泪下，心中都难过万分，他如一棵颓败老树，支撑着无力擎天。

　　来年春上杨荫杭病重，接到弟弟电话的杨绛，飞奔到各处托人买火车票，但沦陷中的上海还在日本人的掌控中，不同途径的交通要道都紧密严控，要想通过铁路运行更是难比登天。她在撕心裂肺的牵扯中，面无表情地奔波在街头，终于在第二天一早，买到了回苏州的客车票，带着弟弟妹妹准备回老家。

　　凄清的早春飘起了细雨，更添离人几多愁绪。杨绛左牵右拽，终于和家人挤上客车，在人群中根本无法站定，更别提能抢到位子安坐，冰凉雨滴透过破烂的遮顶帆布打在身上，杨绛已经毫无知觉，她的感官屏蔽掉喧哗吵闹的车厢，心里只有对父亲的祈祷和思念。

　　摇如行舟的客车，一路晃到下午三点，在太仓境内的一条河边停下来。宽阔的河面上连桥的影子也没有，一干人等怎样才能渡过河继续前行呢？每个归心似箭的乘客，都无法面对这样的现实，你一言我一语地出谋划策，但最终被大家一一否决掉。

　　最后，司机和大家商议后，决定返回上海，天色越来越暗，兵荒马乱的年代最不缺的就是山贼和日本兵，如果再耽搁下去，到时候不但过不去桥不说，连性命都会葬送。客车飞一般往回开，生怕晚一秒就再也回不去，杨绛眼看着离父亲越来越近，却又被迫远离，无力面对死亡和现实的较量，唯有在心里祈祷父亲一定要等着女儿回去。

　　当她下了客车回到回到钱家，一家老小都关切地接过行李，为她端茶盛饭，杨绛简略地讲述了缘由，疲惫不堪地叹息："走了一天，又回来了。"丈夫钱锺书拉着她的手，走进卧室默然地将妻子拥进怀中，杨绛不安地问，默存，父亲那边有什么消息吗？

"已经接到电话，父亲他老人家已经过世。"钱锺书拍着杨绛的背，让妻子痛快地哭出来，他了解妻子的柔韧，如果不宣泄出来郁积内心，那样的痛会将父女情深的妻子击倒的。当年，一个男人亲手将自己的女儿交送到另一个男人的手里，托付的是一生的疼惜和珍爱。

那一夜，杨绛姐弟三人都淹没在泪水里，直到家人疏通重重关卡，买来了火车票，他们才回到了苏州。

迎接杨绛的父亲依旧笑容满面，只是永远停留在了黑白色的遗像里，一尊冰冷棺木将近在咫尺的父女两人隔绝开来。杨绛眼含热泪，走进厨房像往常那样为父亲泡了碗盖碗茶，端到桌子前，缭绕氤氲的茶水雾气浸润着杨绛的双眼，泪水簌簌而下。

这碗茶是女儿用心泪冲沏而成，父亲在天有灵，可曾饮到阿季的殇。父亲最为珍爱的孩子，到了最后一刻却没能守在身旁，道一声珍重，说一声再见，这样的遗憾，又有谁能来成全？杨绛越想越心痛，哭到昏厥。

她从未忘记父亲在世的心愿，盼烽火早日偃息，与堂前儿女重回清平时光，山静水宁的江南老家，是他们一家人的世外桃源，只有欢笑美满承欢膝下得其乐。等一等呀，父亲，等一等那些好时光，让阿季能尽孝堂前。

人影憧憧的庭院，许多人跑进跑出，都在忙着搭灵棚，接待前来吊丧的亲朋好友，杨绛恍惚地倚着木门，眼前浮现出历历往事。在这所庭院中，父亲曾张灯结彩，喜气洋洋地把她嫁给了钱家，她又曾从这里走出国门学有所成归来，这所庭院里满满的都是爱，都是父母无私的教诲，杨绛的性格和见地多受父亲影响，父女间心有灵犀。

苍柏肃穆的灵岩山墓园中，一身缟素麻衣的杨绛，在声嘶力竭地哭喊中头触土地，磕下最后一个头之后，浑身酥软麻木到泣不成声，连日里的奔波与祈盼，在看到父亲棺木的刹那，击毁了所有的希冀。

她虽历来风行朗利，但面对亲情杨绛只是个不堪一击的小女生，满心依赖和不舍化作糊涂的哭泣和呐喊，就这么一世缘尽，半生思量。父亲，阿季想您时，关山路远，时光迢迢，怕只能是梦里相见。

"我常希望梦见父亲，可是我只梦见自己蹲在他的床头柜旁，拣看里面的瓶儿罐儿……我又一次梦见的是我末一次送他回苏州，车站上跟在背后走，看着他长袍的一角在掀动。父亲的脸和那部《诗骚体韵》的稿子，同样消失无踪了。"与父亲分别，这样的梦就伴着她，一次又一次地温馨回顾，回到再也回不去的从前，夜半梦醒空到岑静，杨绛就坐在灯下记载思念。

杨荫杭洒脱不羁，苍凉半世从未有积累家产的观念，身外之物，人得人失，从不去刻意追逐挂念，唯有那本着笔撰写的《诗骚体韵》，是他唯一的留念。安葬慈父后，杨绛就在老宅里遍寻手稿，却只找到被撕成小块的纸块儿，依稀能分辨出字迹。

这本《诗骚体韵》是父亲留给后世的精神财富，杨绛千方百计地寻找，只想将杨荫杭的学识精粹，光大发扬，但却始终没有寻到蛛丝马迹，杨绛心有戚戚地认为，一向严苛律己的父亲大抵是对所写的文字不甚满意，将手稿付之一炬也未可知。

杨绛为此很是自责，父亲毁掉自己的著作，罪过还在我们子女。一个人精力有限，为子女的成长教育消耗太多，就没有足够的时间写出自己满意的作品来。为了弥补心中的遗憾，杨绛专门汇集了父亲生前的一些文章，取名为《老圃遗文辑》。杨荫杭丰富的经历、正义的文笔，加上对现实有力的抨击，有了"铁肩担道义，妙手著文章"的评价。

办完丧事，杨绛回上海时带走了父亲生前的许多琐碎遗物，虽说睹物思人，但更多的是父亲在侧的警醒和督促。回到家，钱锺书为自己不能去苏州为岳父披麻戴孝而唏嘘不已，他虽为半子，却和岳父一直以来都相处得情同父子，甚至超过了和父亲的互动，他们常常研习诗词，闲话家常，漫谈古今。

在他的心里岳父杨荫杭，是知己和师长，两人的身高胖瘦又相差无几，老人家走后遗留的衣物和鞋子，钱锺书都拿过来在平日穿戴。因为敬爱杨荫杭，所以行事乖张的钱锺书就从不忌讳。

就在父亲杨荫杭去世后几个月，一九四五年八月十五日，日本侵略者宣布投降，经过那么多危险和磨难的，杨绛都不曾有所畏惧，却在举国欢庆的这一刻泪流满面。当大家聚在一起商量着用哪种方式纪念这个日子时，钱锺书发现杨绛的身影不见了，细心的他很快就找到了躲在亭子里的妻子。

钱锺书明白，年老的岳父走过了风雨沧桑却没有迎接到灿烂朝阳，这不仅是杨绛的伤他的痛，更是国家的伤痛，陷万千子民于水深火热，被肆虐的铁蹄践踏尊严，烙上耻辱的印记，是泱泱中华永远的疤痕。缅怀乃人之常情，无奈斯人已逝，钱锺书说，季康，父亲听到这个消息该有多么地开心快乐，以他的性情是会振臂疾呼的！

走过薄凉岁月，绵延无量悲喜。

抗战后的气象，是翻天覆地的新世界。钱锺书受有关部门指令，来到中央图书馆外文部做总纂，调离了任职多年的震旦女子文理学院，主要负责编写《书林季刊》，同时兼任暨南大学教授，和英国文化委员会顾问。

因了《围城》，钱锺书的知名度已是遐迩，当时的北京大学图书馆馆长，图书馆实业家徐鸿宝先生，对钱锺书极为欣赏："像钱锺书这样的人才，两三百年才出一个。"

那时的钱锺书成了"天下皆知"的才子，一贯埋头创作的生活模式，随着工作重心的转变和读者的热捧，发生着巨大的变化，这对关门闭户潜心研读的文坛夫妻，开始走出小家，走进社会，感受着新时代气息，也在文化气息浓厚的圈子里结识了更多志同道合的朋友。

一次，杨绛惊诧地发现，去南京汇报工作的钱锺书，比往常回来得要早，这个不善交际应酬的男子，不知是怎样从重重包围的人群中脱逃回来的。钱锺书"淘气"地告诉了妻子一个秘密："今天晚宴，要和'极峰'（蒋介石）握手，我趁早溜回来了。

新中国成立前夕，国民党在撤离台湾之际，大肆网罗人才，钱锺书和杨绛这对闻名中外的学者，自然也在他们的邀请名单之内。台湾大学也久慕钱锺书的大名，发函聘请他做教授，他说"不是学人久居之地，以不涉足为宜"；香港大学请他做文学院院长，他也一样不为所动；就连当初他们夫妇留学的英国，也想聘他做高级讲师，钱锺书依旧执拗："伦敦的恶劣气候"……

所有偏离祖国的意向，都被钱锺书一一婉拒。那个被阴霾笼罩的时代，前途迷茫未卜，无论他们夫妇做出哪一种选择，都会为未来铺开更宽阔明亮的前途。这就是钱锺书和杨绛，低调淡然，不卑不亢，不争不言，仍然做着该做的事情，与祖国荣辱与共。

"我们的国家当时是弱国，受尽强国的欺凌。你们这一代是不知道，当时我们一年就有多少个国耻日。让我们去外国做二等公民当然不愿意。共产党来了我们没有恐惧感，因为我们只是普通的老百姓。我们也没有奢望，只想坐坐冷板凳。当时我们都年近半百了，就算是我们短命死了，就死在本国吧。"杨绛在《干校六记》中，笔触轻如浮云，名利于他们不过是片刻过境，须臾后，连痕迹都不曾留下。

故土难离，人生又有几个故乡，对他们而言，唯有祖国和父母，与那近乡情怯的苏州。名利本是过眼云烟，钱锺书走过半生浮沉，仍然保持着一颗赤子之心。

钱锺书在暨南大学文学院里，开设了"欧美文学名著选""文学批评""莎士比亚""英国分期文学"等几门关于外国文学的课程。上课时，他身着西服仪表庄重，谈吐儒雅且具有西方特色，最吸引学生们的是他出口成章的外文授课方式。

时势造英雄，时代亦造就大师，那个时代的社会虽风云迭起，然而经历过沧桑变幻的学生们，也有幸得遇钱锺书教授。有学生这样回忆钱锺书先生，说他授课时，犹如进入角色的演员，举手投足间，语调和神色生动形象，将课本中的人物和事件刻画得鲜活而生动。

尽管有无数学生，被他神采飞扬的授课所折服，但钱锺书还是淡然地表示，这一切只不过是兴之所至，至于秘诀，只有一个：将自己代入书中的每个人，通过"联想"，才能出神入化。这是一代大师对文字的挚爱，痴性所致，这样的"秘诀"，是任何人也无法悟透通融的。

在暨南大学教授的时光，转眼又是三年，钱锺书为此特地将家搬到了离学校非常近的路段。既方便他兢兢业业地教书，也成全了他嗜书的癖好，钱锺书的考勤比学生们都规整，从未迟到早退。

获取知识是钱锺书心中的坚定信念，仿佛人生的使命，唯书与时光不可辜负，到学校授课，去图书馆借书、还书，回家里读书，这样的三点一线每次到校都要带一摞要归还的图书，再带回一摞要借的新书。

及时当勉励，岁月不等人。钱锺书是红尘中的逍遥客，如陶渊明一般的读书人，于这杂芜世间筑起菊篱桃源，氤氲在书香里，沉醉而不思返。

书一直在读着，但写书的念想，渐渐被变动的环境和忙碌的生活冲刷殆尽。继《围城》之后，阿圆小时，钱锺书一边陪女儿玩着，一边创作的《百合心》，终不能累牍成章。钱锺书认为："年复一年，创作的冲动随年衰减，创作的能力逐渐消失——也许两者根本不是一回事，我们常把自己的写作冲动误认为自己的写作才能，自以为要写就意味着会写。"

　　直率的钱锺书从来不去矫情地掩饰自己的心绪，把文学大师的名号镀上金色的光环，而是以真实的笔触书写记载关于文学的虔诚胸怀，不做作不形而上，不止谦卑，更是直言不讳地写出哲理性的文字。

流年劫难显风骨

钱锺书与杨绛

执教清华比翼飞

一九四九年五月，清华大学向钱锺书和杨绛发来邀请函，欲聘他们夫妇俩前往任外文系教授，此时的上海正式解放，在轻松欢畅的新气候里，梦想和荣誉一起蓬勃生长。他们满怀欣慰，带着十二岁的阿圆，举家坐上火车一路向北。

火车上即便是熟睡入梦，阿圆也紧紧抱着当年从国外带回来的洋娃娃，没有人知道，洋娃娃肚子里她藏进了几两黄金，打算到达新家之后送父母一份惊喜的礼物。夫妇俩从书本里偶尔抬起头，望着酣睡的女儿，对视间，心中不禁涌起千山万水走遍，归来仍是少年的豪气，虽已非少年，心却仍是少年时那般无畏向前。

辗转异地多年，不知何处是故乡，哪里又是长久之地，清华不仅是他们人生初相遇之地，更是他们泛舟文学海洋的起点，遨游了世界一大圈，在人生的光阴海里颠簸流离半世，回归时，多了个爱情结晶，女儿阿圆。

北京，成为他们最后的家园，犹记当初他们的誓言：从此后，不再生离，只有死别。这一住，就是一生，北京是他们的生命脉络，温情地流淌着雄浑的历史和磅礴的文化气息。

一九四九年，新中国成立后的北京，和平的空气像和风一般令整个中国复苏，作为首都的北京更是走在思想前沿，百业待兴之际，教育首当其冲地从颓废的状态中警醒。清华学府褪去旧时代的印记，以朝气蓬勃的面貌敞开胸怀，经历了这许多的磨砺，那么多熟悉的朋友和校友，在这所大学里重逢，充满了欢聚一堂的喜庆喧闹。

按照清华大学的校规，夫妇俩不能任正职，因此只有钱锺书一人入职正式教授，开设了大二年级的《西洋文学史》和《经典文学之哲学》的英文课程，同时还辅导和指导研究生的学习。

一位中文系研究唐诗的同学，为了考证某则诗歌的典故，在图书馆里遍寻不得答案，经恰巧来借书的钱锺书指点，分分钟就解决了难题。原来，这位同学按照先生的嘱咐，直接到那排书架前的那一层寻找，果然找到了一本记载分析典故的书籍。

另一位同学不服，故意从几十本书里，左一段右一段摘抄拼凑成整篇文章，用于应付钱锺书布置的期末读书报告作业。向来宽容的钱锺书，作为教授也并未锋芒毕露，而是在批改作业时，逐句逐段，一一标注出内容出处，面对先生微笑的面容和犀利的笔触，学生不得不为之折服。

杨绛来到清华大学，则做了清闲的"散工"，一边教着学生们《英国小说选读》，一边读书写文，在家中相夫教子，还可以借机"逃避"各种繁杂的会议，但她仍旧兢兢业业地教书育人，从不因为是个"散工"就减少授课，而是主动要求学校安排课程，工资待遇不同，但对待文学的心却从未改变过。

清华大学无论从思想教育还是时尚潮流上来讲都是最尖端的前沿，有许多新女性追赶时髦，都争相穿起了当时极为流行的灰色长裤，胸前胸前有两排扣子，腰间扎着细条皮带的列宁装，这样的装扮风靡一时。

唯独杨绛依然身着素雅旗袍，带着江南的温婉恬淡，知性气质彰显自身修养，于纷繁变幻的新时代中，保持着个人气质。若是出门，还会撑一把小伞，举手投足在人群中，都显得那么与众不同，优雅从容，也是书香熏陶沉淀出来的处事不惊。

杨绛自带气场，有着骨子里漫溢的大家风范，无论给学生们讲课还是与人说话，都如三月的杏花雨，缓缓归来的陌上春色，不疾不徐，又不温不火，是恰好的婉转莺啼，令人心中倍感妥帖，舒适。

任教全国卓越学府，在声名远扬的光环下，依旧简静素雅，生活依旧如水一般清澈，并未因为些许改变而渗透进杂质，他们居住的房子里，只有一张生活必备的西式长台桌和几把椅子，再没有别的摆设，根本谈不上排场。

然而他们也是"奢侈"的，家中到处都是书，布满了小家的每个角落，从清华大学图书馆里借来的一本本书，如一块块爱的基石，建筑起爱的城堡，隔绝了室外的纷扰浮华，两个人在其中，抵足长读。

之于他们的身心而言，一切不过身外物，唯有读书今生为重，现在岁月静好的时光不用来读书做学问，是对灵魂的亏欠。

杨绛"散工"的时光却并不闲散，她从曾经的戏剧创作转型文学研究与翻译工作，第一次刊登的译文便得到了文学大师傅雷的赞赏，却也同时受到了"责怪"。因为他们是比较熟悉的好友，杨绛听到傅雷的称赞后，以为他只是寒暄的敷衍，见面时的客套开场白，就不以为然地应和了一句。

傅雷向来以认真著称，从不轻易做评判，对此，他忍了大约一分钟后，深沉又激动地"责怪"道："杨绛，你知道吗？我的称赞是不容易的！"

　　与此同时，杨绛开始翻译西方著作《小癞子》，这是西方文学史上的第一部流浪汉小说，这部书幽默风趣，让人能在欢快愉悦中感受深刻道理，有几分《围城》的味道，是她和钱锺书都比较喜欢的风格。在杨绛的心里，她更希望与丈夫双剑合璧，驰骋文坛，豁达真知中见心胸。

　　《小癞子》在文学的发展史上有着重要的地位，莎士比亚的《无事生非》、塞万提斯的《堂吉诃德》都应用过其中的桥段，或者提及这本书的存在。但对于这本书的原作者是谁，却一直没有准确的答案。这本书通过讲述主人公流浪的生涯，遇到的形形色色的人、遭遇的各种事，反映了十六世纪西方社会繁华背后的腐朽，正是历经沧桑后杨绛沉淀后的心态。

　　视文学为生命的杨绛，将本书先后翻译过两个版本，由法文版翻译过来之后，又将西班牙原文版进行翻译，并多次反复修改敲定，通篇读来不乏中文色彩，又力求将原著的灵魂脉络如实呈现。

小女阿圆初成长

在清华校园度过的日子，缭绕书本墨香，也熏陶出一个聪慧的阿圆，已然成长为十五六岁的少女，活泼可爱又知性聪慧，从上海来到北京之后，她的心境又是另一番轻灵，这座古韵悠然、文化气息浓厚的校园，成为她生命中最美的遇见。

近朱者赤，阿圆不但承袭了父母爱读书的优点，也依稀还记得幼年在国外的那段生活，心中始终对外国文学典籍，有着格外的好奇，也就常常到妈妈的书桌上翻找那些国外名著。有女如此，乖巧好学，杨绛深感欣慰。

阿圆读书遇到问题，就去找父亲请教。身为教授多年的钱锺书，教书育人有一套自己的心得，他搬来一摞词典放在女儿面前，转身就回到书桌前继续自己的工作。阿圆与父亲自然默契，不言不语却已懂父亲的用意。

结果，她翻了一本又一本的字典，耐心地阅读寻找，直到翻到了第五本，答案才像一个隐匿的高人一般，静然幽深地出现在她的眼前。钱锺书从来的习惯是多做少说，这也是他一贯秉承的做学问方式。

做学问，并非一朝一夕，心血来潮的事情，而是要静下心融入书海字山，不辞辛劳，不厌其烦，深究其趣，才算是真正的读书。连妻子杨绛也说："锺书是我们的老师，我和阿瑗都是好学生，虽然近在咫尺，我们如有问题，问一声就能解决，可是我们绝不打扰他。"

一家三口，在风云莫测的岁月里，不惊不乍，不思荣辱，在书海里闲庭信步，悠然安享其间的花开花落，云卷云舒。

夫妇俩各自忙碌的同时，考虑到女儿阿圆已经该到了上初中二年级的年龄，杨绛就去到清华附中咨询相关事宜。校方了解了阿圆的具体情况后，坚持要让她从初一读起，杨绛和钱锺书听了就格外担心体弱多病的阿圆，因为初中学生每天午后都要开会。

杨绛独自承担起教育女儿的重担，去书店买了初二、初三年级的课本，自己在家教阿圆学习语数外、政史地等课程。以大学教授的功力来应对初中生的知识，母女俩学习起来，格外有趣。父亲授课回家，阿圆就会殷勤地帮父亲做些讨喜的小事，令他开心欢喜，钱锺书疲惫的心情也随之舒畅起来。

父女俩在一起还是爱互相逗乐，钱锺书从一大摞卷纸里，抽出两份都用紫墨水写就的试卷，让阿圆猜测哪个是女生写的，哪个是男生写的。不曾想，阿圆不仅正确识别出考生的性别，还推断出两个人正处于恋爱期，是你侬我侬的男女朋友。

钱锺书和杨绛都惊讶于阿圆的洞察力，和细腻的情感思维。杨绛说："阿圆不上学，就脱离了同学。但是她并不孤单，一个人在清华园里悠游自在，非常快乐。"阿圆身上有着钱锺书和杨绛的潜移默化，这样宽松的氛围和环境，正吻合了她希冀的生活方式。

与此同时，"毛选"英译工作进入最后的定稿阶段，钱锺书因为工作需要住在了外面，只有周末才能回到清华大学与妻女团聚，临走时，做父亲的钱锺书郑重地祝福女儿阿圆，爸爸不在的日子里，一定要好好照顾妈妈，阿圆懂事地点了点头，拉着妈妈的手送父亲出门。

可阿圆并不知道，父亲一样对母亲叮咛了半宿，他们三个像三只可爱的小动物，彼此依偎，相互取暖，嬉笑打闹，孩子般快活地生活，他们更像三个好朋友，从不索取，只是尽心尽力地辅佐对方取得更大的成就，往更高更远的未来攀登。

母女俩在清华的日子快乐而有趣，虽然钱锺书不在家中，可还有可爱的小猫陪她们嬉戏，闹够了小猫就到处拉屎，惹得杨绛皱着眉头，捂着鼻子躲得远远的，摩蹭半晌之后，还是很无奈地收拾起卫生，平时这些与猫打交道的事情，都是钱锺书一手包办的。

一个下雪的冬日，杨绛午睡起床发现找不到阿圆的身影，找出门来，发现女儿的小手冻得通红，正在雪地里清理煤球里的猫屎，她虽然年龄小，却懂得体谅母亲。杨绛慌忙跑过去，把阿圆的双手揣进怀里暖着，自责地抱着孩子哽咽着说，你爸爸应该会责怪我，冻疼了你的嫩手指，我们都心疼得要命……

看着女儿长成亭亭玉立的少女，杨绛意识到，不但要教导孩子掌握知识，还要培养她学习和生活上的独立习惯。

阿圆很快就掌握了基本知识，杨绛就"懒惰"地买来参考资料和教材，让阿圆自学，她"迷茫"地盯着繁琐的解题步骤，皱着眉"诉苦"：这些数学题太难了，妈妈的脑子都跟不上了，你自己可以吗？聪颖的阿圆专注地翻着书本，点着头，表示没问题。

杨绛的智慧，并非只从文字上体现，还从辅佐丈夫和教育孩子上，获得了睿智的体现。

一年后，阿圆以数学满分的好成绩，考进了女十二中的高一年级，相比起父亲高考时数学只考了几十分的黑历史来说，女儿无疑是更胜一筹的，杨绛看着公布出来的成绩，捂着嘴笑得既有趣又得意。

她不但教导女儿学习文化课，还时常带着她到附近一个叫温德的外籍音乐教授家，听他演奏音乐。两个人每天都会在晚饭后，一起走过一架邻着荒野的小桥，前往温德家陶冶情操。这种平静又充满乐趣的生活，两人享受着，甘之若饴，直到有一天，阿圆突然发起烧来。

即便躺在床上，小姑娘还是没有忘记提醒妈妈，去温德家坚持聆听每天的精神功课。杨绛表示要留在家里照顾她，今天的音乐功课临时取消，但是阿圆却认真地告诉妈妈，她一个人睡一觉病就会好的，希望妈妈不要因为她落下功课。

杨绛拗不过阿圆的坚持，就一个人出了门，阿圆心里其实是根本放心不下的，因为她知道杨绛的胆子像个小女生，每次她们走到桥头，妈妈都会紧紧地抓着她的手臂。正在她神思游离的功夫，杨绛又推门回到了家。

她笑嘻嘻地跑到窗前，摸了摸女儿的额头，舒了口气放下心来。在阿圆充满质疑的眼光里，杨绛一边掖着被角，一边噘着嘴说，你爸爸去城里时让你好好照顾我，原来是很有道理的，你现在生了病，我连音乐也听不到喽！

两人相视大笑，阿圆揶揄杨绛道，妈妈，别告诉我你是因为太害怕，不敢一个人过桥，又跑回来了。杨绛刮了下阿圆的鼻子，笑嘻嘻地眯着眼自嘲着说，知我者女儿也，我真是害怕黑乎乎的地方……

即便是这样温馨又平淡的日子，也很快就离娘俩远去了。一九五〇年秋天来临的时候，阿圆开始了住校的高中新生涯。自那时候起，清华园的小家里，只留下杨绛孤零零地读书写字，只有在周末钱锺书和阿圆回来的时候，家里才燃起温暖的火焰。

红尘远，只与书为伴

　　一九五九年，钱媛毕业于北京师范大学俄语系，并留校任教。一九六七年十二月，钱媛与同校历史系老师王德一结婚。他们两人都爱好绘画，相知于学校的美工队，不约而同在毕业后选择留校做了老师。老两口看到王德一与女儿情深意笃，很是欣慰，能寻到这样和善忠厚的女婿，他们是万分放心了。

　　一九六九年十一月，钱锺书接受组织上的指令，下放到河南达罗山五七干校接受锻炼改造。杨绛心里涌上哀伤的情绪，只不过几日之后就是钱锺书六十岁的生日，她多想再亲手给丈夫煮一碗长寿面，这么微小的愿望，却也不能。临行时，于两年前冬季结婚的女儿钱媛和女婿王德一前来相送，凛冽风寒，催下离人眼泪。登车后的钱锺书望着月台上瘦小的妻子，千言万语哽在喉间。

　　一九七〇年七月，杨绛也接受组织的安排下放干校锻炼。此时，女婿王德一刚刚离开人世，杨绛出发时只有女儿一人前来送行。头发花白的杨绛踏进了离别的车站。钱瑗倔强地立在月台上不肯离去，泪水洇湿眼眸，杨绛的泪眼里女儿如一枚漂浮在空中的落叶，颤抖着不知会飘向何处，这个自小乖巧的阿圆这几日一言不发地为妈妈整理行李，连同那一颗无依的心打包进对父母的牵挂里。

一九七一年的时候杨绛患了严重的眼疾，不得已到学部申请了证明回京医治，她前脚走钱锺书后脚就犯了气喘发起了高烧，幸好医务部有个初来乍到的小姑娘，大着胆子在他的手背上扎了点滴，谁料想她平生第一次扎针竟然成功挽救了一位老人的生命。

彼时的干校已经移至信阳明港，医疗条件格外艰苦，杨绛后怕又感激："真是难为她。假如她不敢或不肯打那两针，送往远地就医只怕更糟呢。"钱锺书的身体渐渐康复起来，他们常携手到风景秀丽的野外散步，在漫天的夕阳下默契并肩仰望天空。

这样的日子也是难得的人生旅程，回味起来别有一番滋味，一九七二年百花盛开的时候，夫妇俩受到了周总理的特别关照，成为第一批回来人员。当离开干校的时刻到来，老两口的内心反而平静如水，回去是早晚的事，真的实现了反倒没有了憧憬渴盼的热烈。

沧桑归来，几载梦断再度轮回，京城气韵依旧厚重深沉，仿佛历史和时光不曾亏欠过钱锺书与杨绛，历经洗礼，只为了磨难之后的重逢。女儿钱瑗的宿舍成为"我们仨"久别重逢的居所。

面北的屋子长年阴冷凌乱，钱瑗自幼在妈妈的照顾下同父亲钱锺书一般随性，到处放置的书本和画画时横七竖八乱扔的调色工具、画笔，都让杨绛鼻子一酸。这个孤独的女孩儿，在失去丈夫，父母远走他乡的日子里，一个人在这寒凉的宿舍内，以书本和画画取暖，又有着怎样的寂寞和幽怨。

可钱瑗迎接父母的只有嘻嘻哈哈的笑脸和唧唧喳喳的话语，一家人如杨绛所言："屋子虽然寒冷，我们感到的是温暖。"在这狭小到只能放得下一张上下铺的宿舍，也宛若面朝大海春暖大海的大房子，将所有俗世的冷寒都阻挡在外。

崇敬钱锺书夫妇的钱瑗同事，主动将一所阳光充足略微宽敞的房子腾出来给他们住，一家人欣喜着忙里忙外地打扫，就连钱锺书也从书堆里抽出身手忙脚乱地跟着忙乎起来，待杨绛发现他已吸入不少灰尘。

下午时钱锺书的呼吸声就出现了杂音，一幅气若游丝的无力状，杨绛慌忙地带着他到医院挂急诊，生怕须臾之间丈夫就会停止了呼吸，已视彼此为生命的夫妇俩，容不得对方有半点的闪失。

经过四个小时的漫长抢救，钱锺书的呼吸终于趋于平缓，匆忙赶来的女儿钱瑗赫然发现母亲的左眼球微血管一片殷红。钱瑗的泪无声地滚落脸颊。

北京的冬天素来严寒，再加上灰尘的侵犯，钱锺书的哮喘病无可遏制地犯起来，严重到必须卧床休息不能直身而坐，只能半倚在床头，经过一段时间的调养才能稍微来回走动片刻。虽然从医院开许多药回家，吃上一段却没有明显好转。杨绛每日里尽心服侍左右，悉心照顾着老伴，伴着钱锺书"呼呼"的哮喘声，两个人一人一本书地读着，杨绛戏谑地称钱锺书是中国写实版的"呼啸山庄"。

任病魔嚣张肆虐，笑谈间病痛仿佛化于无形，这一路走来两人早已身心俱净，神仙眷侣也莫过如此了。

经过一年反复与不断的康复训练，钱锺书在杨绛的照顾下又坐到了书桌前，生命的更漏逐渐稀疏，时间显得无比宝贵，也许就在刹那之间就再也等不到天亮。钱锺书的痴性再次顽固起来，不顾肾虚体弱与病魔对抗，继续将《管锥编》提上了日程。

要写《管锥编》就必须参考自己曾经孜孜不倦记下的笔记，可他们原来的小家还被一对造反派夫妇霸占，杨绛决定请两个年轻人"护驾"，回家寻找尘封的资料。

两天后他们尘埃满面地抬回五大麻袋笔记，钱锺书就坐在这小山似的文字里挖材崛料，这些丰富的素材正是他多年来的读书心得，是他写作《管锥编》旁征博引必不可少的珍贵素材。

钱钟书和杨绛在钱瑗的宿舍楼里一住便是两年，一九七四年的夏天，他们搬进了学部七号楼西侧尽头的办公室，又住了两年。说是办公室不如说是他们的工作室，饮食起居、著书写作都在此间，他们甚至觉得能有一隅安身，至此到老就非常满意了。

两位德高望重的学者，被周围邻里尊敬善待，主动帮他们装了取暖的炉子，以防钱锺书的哮喘病复发，在这简陋的环境里能有一炉火温暖屋子，善良的温暖令老两口住的格外舒心，钱锺书就在这间小屋中完成了《管锥编》的初稿。

有一次，老两口睡觉前忘记检查炉子，睡梦中恍惚间闻到煤气刺鼻的气味，急得钱锺书晕头转向地在黑暗中摸索着，挣扎去开窗户，却瞬间昏了过去，"扑通"一声摔下床，额头撞到了炉角边上。

原本睡觉前吃了安眠药助眠的杨绛，又吸入大量煤气，无论怎样努力总也起不来，听到钱锺书摔倒的声响，犹如神助顷刻间就跳下床，急速地扶起丈夫，并开窗换气。

两个头发花白的老人，就这样在寒冷的冬天，开着窗户披着棉衣，你一句我一句地说说往事，谈谈文学，不知不觉曙光就爬上窗户。杨绛借着微光看到钱锺书额头上的伤口已经凝固，叹声道，多亏了你摔了一跤，不然我们早见马克思去喽！

《管锥编》是一部笔记体巨著，在文学史上被称为"国学大典"，写作这本巨作需要查阅大量的资料，文学院的图书馆就在旁边的六号楼，钱锺书做为曾经的文学院主任，对文学院图书馆的藏书一向了如指掌，丰沛渊博的收藏量不仅全面而且丰富到连外宾都叹为观止。

钱锺书与杨绛一生不仅读书还喜欢赠书，从不吝啬家中的藏书和自己创作的书籍，常常赠书给同事或学生们，但凡对他们的学习和工作有益处，便慷慨相赠，他们不但桃李满天下，而且相知满天下，人们对知识的追求是永无止境的。

有一天，忽然有个陌生的老太太前来拜访，杨绛和钱锺书才知道在他们下放干校期间，钱瑗曾无意间帮她扫过大街，女儿的善意之举无意间竟然感动了老太太，老人家千方百计打听到这里，一心想促成一段姻缘。

原来她是位受过高等教育的总工程师夫人，与钱瑗攀谈间感到姑娘谈吐不俗，又善良端庄，于是就自作主张希望能认作自家儿媳，无奈钱瑗当面就果断拒绝，老人家只好贸然寻到文学院。

钱锺书和杨绛就瞒着钱瑗私下里见了老太太的儿子，经过交谈了解了基本情况之后觉得可以交往，就回到家和女儿敞明了这件事。王德一逝世不觉已有五六年时间，钱瑗心中依旧留恋着往日的恩爱缱绻，万般不肯再嫁。

杨绛懂得女儿的心思只是担忧地叹道："将来我们都是要走的，撇下你一个人，我们放得下心吗？"钱瑗思索再三后，试着与对方相处了一段时间，被对方的学识和人品感化，于一九七四年结为连理。

她的第二任丈夫杨伟成亦出身名门，是我国著名的结构工程师，婚后两人琴瑟和鸣，互相探讨共同进步，在各自的领域都取得了颇高的建树。已至暮年的老两口终于看到女儿有了个好的归宿，无比欣慰地说："我们知道阿圆有了一个美好的家，虽然身处陋室，心上也很安适。"

女儿钱瑗有了好归宿，老两口自此心无挂碍，每天除了读书写作，就是操持一日三餐的饮食起居。经历了风雨波折重聚后，"笨手拙脚"的钱锺书始终没有忽略对杨绛的照顾，尽管他们携手走过大半辈子杨绛始终甘做灶下婢，他还是将在英国养成的做早餐的习惯，沿袭到了白发如银的老年时光。

一天清晨，当钱锺书捧着早餐，端着杨绛爱吃的猪油年糕，孩子气十足地站在餐桌前时，杨绛诧异地惊觉钱锺书学会了划第一根火柴。随着时代的进步，早先使用的蜂窝煤被煤气罐替代，她无法想象一向笨手拙脚的丈夫，在厨房经过了多少次试验才点着了煤气罐。

爱其实很平淡，水一般浸透了流年，当看到彼此温暖的笑脸，才明了最美的爱情原来是为你做一顿早餐，看着你笑眯眯地吃完。年老的杨绛，心依旧鲜活跳跃，因为有爱他们从不曾言老，不惧银丝爬满鬓角，相视一笑红尘逍遥。

从此后，天上人间

钱锺书与杨绛

三里河的回春天

　　一九七七年，钱锺书做为"国宝级"重点保护对象在立春那天由专车接进了国务院宿舍，这处位于三里河南沙沟的新寓所有着春天般的明媚气息，宽敞明亮的三室一厅整洁温馨。

　　直到安然地坐到书房里读书，钱老还是一头雾水，也难怪，即便是杨绛拿着钥匙打开了新房的门，也并不知晓这一切到底是谁的安排。可这也并没有什么关系，多年来朝有风雨、夜望星辰的生活使得他们习惯了随遇而安，至于下一刻还会有什么样的事情发生，好像并没有这一刻能坐下来读一本书重要。

　　住在当时最著名的"干部楼"里，老两口并没有受宠若惊，更没有表现出惊慌失措，那个送钥匙给杨绛的神秘人也没有再出现，直到有一天毛泽东秘书胡乔木突然造访，并关切询问房子住着是否还舒心时，钱锺书和杨绛会心一笑。

从一九五〇年开始，钱锺书由胡乔木推荐担任《毛泽东选集》英译委员会主任委员，并主持《毛泽东选集》的英译工作，花费了整整六年多时间，完成了《毛泽东选集》四卷的英译工作。

期间，钱锺书严谨认真，一丝不苟的工作态度和高质量的译文曾受到过毛泽东的高度评价和肯定，也受到了很多人的羡慕和赞扬。

他们与胡乔木也算是多年的至交，杨绛就"毫不客气"地笑着说："书房好像小了点儿！"胡乔木这才发现客厅的桌子上也堆满了书籍，一直延伸到书房里，几个大书架上一本本书摆得密密麻麻，没有一丝空隙，而且像图书馆一样有序归类，古今中外、种类繁多的书都是他们通过不同渠道购买来的。

胡乔木感叹良久，两个清贫节俭的知识分子，唯独爱书成痴。尽管藏书珍贵但老两口却不吝赠书，只要是对对方学习和工作是有益的便会慷慨相赠，包括他们创作的书籍。

在书房里读书创作是老两口每天的工作，那里摆着一大一小两张书桌，钱锺书的读者写了许多信件，雪片一般堆满了书桌，再加他读的各种书籍和一些邀请函，大书桌也只能勉强放下。每当钱锺书面对一书桌的信件发愁，不知道怎么一一回复时，杨绛笑眯眯地说："你的名气更大，所以要用更大的书桌才行。"

痴性十足的钱锺书就一边认真阅读，一边奋笔疾书，自嘲地将回复读者来信称为"还债"，这样的"债"每天都在不停地蜂拥而来，简直愁坏了老先生。随着两人的名气高涨，有些慕名而去的读者和一些有名望的人前去拜访，听到来人的真切问候钱锺书只能无奈地从门缝里回了句："谢谢！谢谢！我们很忙，谢谢！"

余生宝贵，再没有闲杂的时间浪费在交际上，何况夫妇俩从来都看淡名利，不问世事，怎奈结庐在人境，终是无法抵挡车马喧，只能以简洁直白的方式应对各种盛情。面对外界的各种舆论谴责，著名的艺术家黄永玉先生非常理解他们这样做实属无奈之举，每次他送些湘西的土特产和笋菜瓜果过来，都是敲敲门提醒就兀自离去。

每当听到敲门声都是杨绛前去开门，对待前来拜访的人她会当面拒绝，并笑嘻嘻地说自己是钱锺书的"拦路虎"，鉴于丈夫在为人处世方面的耿直，她总是委婉周到地将事情处理到位，打发来人既不纠缠懊恼，又满意愉快地告辞。

在众人眼里钱锺书是一代怪才，在学术上堪称泰斗，在现实中却像个顽劣孩童，即使年过半百依旧我行我素。钱锺书的弟弟形容大嫂杨绛："她像一个帐篷，把大哥和钱瑗都罩在里面，外在的风雨都由她抵挡。她总是想包住这个家庭，不让大哥他们吃一点苦。"

有一位慕名而来的美国文学教授说："我所知道的一切，他都在行。可是他还有一个世界，而那个世界我一无所知。"钱锺书的另外一个世界，是杨绛用所有的爱打造出的空间，真空似的无为境界缔造出了中国文学史上出类拔萃的国学大师钱锺书。

在杨绛的心里钱锺书是她敬重的师长和爱人，那种惺惺相惜有着知己般的相濡以沫，钱锺书曾说过一句话，概括了他们之间的爱情：季康绝无仅有地结合了各不相同的三者：妻子、情人、朋友。

"文革"的阴霾逐渐淡去，通往世界的大门再次敞开。一九七八年的金秋时节，钱锺书应邀前往意大利参加第二十六届欧洲汉学会，并在会上收到了法国、捷克和俄罗斯三国翻译家馈赠的的被译成不同语言的《围城》。

这是钱老自新中国成立后第一次参加国外的学术会议，被禁锢了多年的思维如渐融的春水，泛起圈圈涟漪，《围城》在国际上的评价如此之高，是他始料未及的。杨绛说："这段时期，锺书和我各随代表团出国访问过几次。锺书每和我分离，必详尽地记下所见所闻和思念之情。"

人间最美四月天。一九七九的春天钱锺书夫妇分别被派往国外出访美国与法国，再次漫步浪漫的巴黎街头，那些美好的时光汹涌澎湃地包围了白发苍苍的杨绛。斯人斯地，最令她眷恋的还是图书馆，进行访问之余，杨绛在图书馆里找出了《堂吉坷德》的新译本以及相关的研究成果，进行细致研读。

同在国外的钱锺书一行，走访了美国大学、哈佛大学、耶鲁大学、哥伦比亚大学……并见到了著名学者夏志清，他们在研究室开了一个小型座谈会，钱锺书在会上语惊四座，被大家尊称为"中国第一博学鸿儒"。夏志清说："我国学人间，不论他的同代和晚辈，还没有比得上他的博闻强识、广览群书的。"

访美归来，钱锺书做了一篇《美国学者对中国文学的研究简况》，被收录于《访美观感》之中，成为学术界最为关注的话题，老友新知都纷纷写信或致电祝贺，再加上海外报刊上对于钱锺书文学修为的极力着墨，他总是充耳不闻，依旧埋头写作。

一九八零年钱锺书访日归来，时值《围城》再版，经历过"文化大革命"的国人，犹如沙漠逢绿洲，掀起了读书热潮。钱锺书在暮年风云再起，成为出国访问的先驱，又因为名气高涨被各大院校争先聘请。

杨绛感叹："他并不求名，却躲不了名人的烦扰和烦恼。假如他没有名，我们该多么清静！"人生再长也是圈起来的城，走再远攀再高，最终的宿命依旧是跌落尘埃，他们从来都只是寂静生长，喧哗浮生只会扰了他们红尘相守的清梦。

一九八七年，杨绛翻译的《堂吉诃德》由人民文学出版社出版，填补了我国西班牙语文学翻译的空白，北京书店门前排长队购买《堂吉诃德》的盛况，成为美谈。《堂吉诃德》译本先后被列入"外国文学名著丛书""世界文库""名著名译""中学生课外文学名著必读"等，总印数达七十余万册。

杨绛经常鼓励年轻人："多会一门外语，好比多一把金钥匙，每把金钥匙都可以打开一座城门。城里有许多好看好玩的东西，好像一个大乐园。你们如果不懂外语，就会比别人少享受很多东西。"

1986年10月，西班牙国王专门奖给杨绛一枚"智慧国王阿方索十世十字勋章"，以表彰杨绛先生的杰出贡献。

他们的女儿钱瑗也在这段时期内，顺利考取了留学英国的奖学金，又不断出访国外，儿行千里母担忧，无论到了什么时候，父母对孩子的担忧都是牵肠挂肚的，杨绛说："一年后又增加一年，我们一方面愿意她能多留学一年，一方面得忍受离别的滋味。"

一个作者两个读者，是"我们仨"最特别的家庭模式，钱瑗评价父母作品时这样说："妈妈的散文像清茶，一道道加水，还是芳香沁人。爸爸的散文像咖啡加洋酒（whisky），浓烈、刺激，喝完就完了。"

钱锺书诙谐地回应女儿，说自己年轻时候的作品跟杨绛的一起出版，实在是被掩映在光芒之下，也认为妻子杨绛的散文要好过自己："杨绛的散文是天生的好，没人能学。"聪慧敏思的杨绛真正做到文如其人，对于学术界对杨绛的赞誉和肯定，痴性十足的钱锺书孩子般开心骄傲。

彩云易散琉璃脆

生命是一眼光阴的泉，缓流清水浮现出散乱的褶皱。年轻时小病不断的杨绛老时反而异常健康，钱锺书的身体却一日不如一日，杨绛调侃说他们已经是"红木家具"，外表看起来结实其实上是用胶水粘着的，一碰就容易散架子。她学会了打针和一些基本的医疗护理，成为钱锺书的"专职护士"。

一九九四年，钱锺书检查出膀胱癌住进了医院，在手术过程中医生发现他的右肾萎缩坏死也一并切除，术后观察恢复的五十多天力，杨绛寸步不离钱锺书左右，医护人员不忍她一把年纪还如此煎熬，杨绛只说了一句："锺书在哪儿，哪儿就是我的家。"

除了杨绛，又有谁能如此善待钱锺书呢？女儿钱瑗作为他们唯一的子女，在父亲钱锺书手术期间放下手边的工作专程陪护，只在周末时回自己家中看一眼。因病魔纠缠"我们仨"又回到了昔日的美好时光，不幸中体味幸福，幸福中共同走过不幸，病房溢满欢笑到处充满了久违的快乐。

经历这一场手术之后，钱锺书的身体愈加虚弱，徘徊在危险的边缘，医院成了他们的另一处"寓居"。手术后癌细胞也没能停止蔓延，肾功能也接近衰竭，抢救过后只能以血液透析维持生命。

杨绛守在病床前望着厮守了一辈子的钱锺书陷入时而昏迷时而清醒的境况，心不禁颤抖。他已不能开口说话，每次睁开双眼，昏沉的眸子里流露出无限依赖，她想回家做一些细软餐食来为靠鼻饲维持生命的钱锺书补充营养，但又不忍丈夫醒来时找不到她的焦灼失望。

她就趁他熟睡时争分夺秒地赶回家，把鱼肉里的一根根刺小心翼翼地挑出来，再把鸡肉里的肉筋细心剥离处理掉，捣碎制作成烂烂的肉糜，然后再把小火慢熬的香浓鸡汤装进餐盒，一刻不停地赶回医院，每每这时她都会忘记吃饭，好似自己从来都不会饿一般。

这样奔波煎熬的日子一过就是四年，女儿只能从忙碌的工作中抽出时间，每周来看望父亲两次。钱瑗从一九六六年任教英语，在校期间表现出色，于一九七八年公派前往英国兰开斯托大学进修英语及语言学，两年后回国，一九八六年晋升教授，一九九三年被北京师范大学聘为外语系英语语言文学博士生导师。

钱瑗身为北京师范大学英语系教授还是中英合作项目负责人，英国《语言与文学》编委，全国高校外语专业指导委员会和北京师范大学学术委员、学位委员会委员。由于学校师资欠缺，她担任许多班级的课，每天要备课到很晚，无形的压力导致她的身体出现不良状况。

由开始的咳嗽不止发展到腰疼得直不起来，她还没事儿一样安慰妈妈是"挤公交车闪了腰"。至爱的双亲一个常年卧床，一个年迈苍老，她不能时刻陪伴左右，尽孝床前心中已是无比愧疚，再让父母担忧那就是她的过错了。

一天清晨钱瑗挣扎良久也没能从床上起来，到医院检查后确诊为骨结核，脊椎已经有三节发生了病变，另一个具有毁灭性的结果彻底令钱瑗绝望，她已经是位肺癌晚期的病人，不仅肺部有严重积水而且癌细胞也已经扩散。

直到再也隐瞒不住，钱瑗才见到了日夜思念的妈妈，看着从来都乖巧懂事的女儿强颜欢笑，满头青丝经过残酷的化疗已不复存在，整个人被疾病折磨地变了样，杨绛的心一点点碎成粉末，痛彻骨髓。

钱瑗走的前一天，杨绛坐在病床前看着婴儿般安静的女儿，拉着她的手像小时候哄她一般轻轻地说："阿圆，安心睡觉，我和爸爸都祝你睡好。"钱瑗灿烂地笑了，仿佛用尽了平生所有的力气，就为回报给妈妈一个如花般灿烂的笑容。

一切仿佛冥冥中早已注定，钱瑗感觉到自己要离开人世的前一刻，由家人拨通了妈妈的电话，此时的杨绛正疲惫地守在钱锺书病房内，她在电话的另一端把最后的一丝惦念通过电波传达到杨绛的心底："娘，你从前有个女儿，现在她没用了。"

白发人送黑发人是残忍的诀别，钱瑗火化的时候杨绛没有前往送别，她遣人将一篮盛开的鲜花放在女儿遗像旁，写了一行小楷：瑗瑗爱女安息！爸爸妈妈痛挽。没有歇斯底里地哭喊崩溃，没有迟暮老人痛失爱女的悲戚决绝，杨绛将她"平生唯一杰作"安放在最深的心底深处。

杨绛悲痛无比，阿圆从诞生的那一刻就是她的小天使，而她这个做妈妈的却没有保护好自己的孩子，纵然抽筋扒骨也换不回她鲜活的生命。

她不敢去送女儿，因为这样还可以欺骗自己钱瑗每天都在忙工作，就像她骗钱锺书一样，希冀着死亡只是个幻象，也许某一天钱瑗就会笑嘻嘻地从外面回家来，"我们仨"欢声笑语地聚在一起。

钱瑗生前曾留下遗言，骨灰不用留，但在外语系师生们的一致哀求下，杨绛留下了钱瑗的部分骨灰，他们郑重地埋在校园里的一棵雪松下。百日那晚月明星稀，校园如一片寂寞沙洲，杨绛瘦弱的身影出现在雪松旁，默然地坐到恍若隔世。

这个有风骨的女先生，骨子里有着苏东坡的气概，引用他的诗句来表达对女儿的相思："从此老母肠断处，明月下，长青树。"往事历历在目，神思游离的杨绛不觉间发现有师生陪伴左右，便孑然离去。

一向温婉谦逊的杨绛，没有说一句感谢的话，也没有说一句告辞，她已痛到不能言语，夜色中隐约有苏老夫子的一阕词在凄凉的月光下轻唱：月有阴晴圆缺，此事古难全，但愿人长久，千里共婵娟。

将阴阳两隔的痛隐藏在心中，杨绛回到医院的病床前继续照顾钱锺书，命运已经毫不留情地带走了女儿钱瑗，她必须拼了最后的强悍守住这个生命中最重要的男人。

他们在精神上所达到的默契是灵魂的最高度，杨绛说的每一句鼓励轻软如棉，钱锺书听来却有着激励心灵的坚强力量。她一字一句地念女儿钱瑗写的文字给他听，企图通过语言的力量掩饰亲情的悲痛。

钱锺书的病情渐渐稳定起来，杨绛以类同鼻饲的方式将阿圆离世的消息，一点一滴慢慢渗透给他，直到钱锺书肯面对这个事实时，她才恍然明了作为父亲他早有感应，只是如她一般从不言说，不愿接受突来的残酷现实。

往事如烟晕染了为人父母的回忆影幕，那时候的小阿圆和钱锺书是同仇敌忾的"铁哥们儿"的，联合起来"对抗"妈妈杨绛，在她出国的日子里，不打扫卫生，不铺床叠被，两个人还无比眷恋凌乱舒适的"狗窝"，算计着杨绛即将回来的日期，才无可奈何地整理整理。

当亲情只剩下追忆，光阴的河已相隔了千山万水，任青丝如瀑也难再追。

一九九八年十二月初，钱锺书的病情再次恶化，开始发烧不退。中央指示全力以赴拯救这位伟大的学者，院方组织了当时最优秀的专家研究处理方案，也没能控制住病情。

两双相执的手紧攥到不舍放开，两双昏花的老眼中泪光依然饱含眷恋，钱锺书张了张嘴轻轻地在杨绛耳边留下最后一句情话"好好活"，便阖然离世。就在上个月，这位八十八岁的老人在病床上，度过了他人生中的最后一个生日。

他们深情对视间迸发出电光火石，携手走过的岁月闪现浮动，一世情缘终要坠入轮回，叹一声，人生苦短，唯爱永恒，却抵不过朝如青丝暮成雪。

一九九八年十二月十九日，中国著名作家、文学家钱锺书，与世长辞。杨绛遵照丈夫钱锺书生前的遗愿，"遗体只要两三个亲友送送，不举行任何悼念仪式，恳辞花篮花圈，不保留骨灰。"丧事从简。

杨绛亲手为钱锺书换上黑色的呢子大衣，深蓝色的贝雷帽，灰色的围巾，就像无数次他出门之前她精心为他打扮的那样，病房里素净简洁，白色的床单上摆满青翠的松柏枝条，最为温情的是杨绛亲手扎制的花篮，装满了紫色的勿忘我和殷红的玫瑰，她妆扮这一切的时候，就如往日里在家做家务收拾房间一般，唯独不同的是钱锺书永远也不会再坐在一旁读书写作。

前来送行的家人和至亲好友，陪伴在侧看到杨绛不悲不喜的面容，忍不住潸然泪下，他们无法想象也无法估量这个将近九十岁的老人有着怎样超常的意志力，她在努力控制着先后失去爱女和丈夫的剧烈悲痛，只为不辜负"我们仨"最后的一路同行。

钱锺书的遗体被送到八宝山的火葬场，在推进火化间之前杨绛掀开惨白的盖脸布，端详着丈夫的脸，心中响彻着钱锺书曾说过的那句"只有死别，不再生离"，这个男人用生命实践了他的誓言。

杨绛静静地取下眼镜，目送着他进入火化间，如果记忆可以在视力的模糊里消失不见，她会勇敢地面对他们最后一次的相见，相亲相爱不离分是两个人天真的愿望，再相见从此后只在梦中。

六十三年的相濡以沫，在燃烧的熊熊烈火里灰飞烟灭，难分难舍的情丝在杨绛的心中缠绵悱恻，众人顾忌到她年事已高就搀扶着她，想让她避开令人心碎的场面，可杨绛无言摇头，清瘦的面容柔和坚毅。

这是她对他的最后一次守护，穿越了一生的风雨兼程，不能在最后一班岗上玩忽职守。她是他的守护神，有杨绛在钱锺书才能安心做学问，而此刻，有杨绛这个守护神在，钱锺书才能安然升天，去往极乐净土。

书写爱的篇章

来自于偶然皈依于尘土，钱锺书的骨灰就近抛撒抛洒，杨绛按照丈夫的遗愿将后事处理得得一一到位，她仿佛能感知到钱锺书冥冥中，微笑颔首的样子。卸下一身责任，没有了精神上的支撑，杨绛疲惫到身心俱裂，她的心中只刻下了钱锺书走时留下的：好好活！

贤淑的杨绛情愿就这样一辈子跟在钱锺书的后面，做他的小尾巴，不离不弃，相敬相爱。记得钱锺书卧病在床的日子里，有读者带着他的《槐聚诗存》来求签名，杨绛就按照钱锺书的意思代他签名盖章。

她将钱锺书的名字写在前面，一边盖章一边认真地说："夫在前，妻在后。"在钱锺书生病的几年中，杨绛无数次默默祈祷，只求能比钱锺书多活一年就好，这样她便能很好地照顾他到最后。

杨绛写道："人间不会有小说或童话故事那样的结局：'从此，他们永远快快活活地一起过日子'。人间没有单纯的快乐。快乐总夹带着烦恼和忧虑。人间也没有永远。我们一生坎坷，暮年才有了一个可以安顿的居处。但老病相摧，我们在人生道路上已走到尽头了。"

死者已矣，生者当勇敢前行，奈何长夜清寒，除了梦里相会他们还能在书中遇见，每一本都是一扇门，轻轻打开走进去，便可在字里行间与钱锺书窃窃私语，畅聊见解。

杨绛提起笔写道"锺书逃走了，我也想逃走，但是我压根儿不能逃，得留在人世间打扫现场，尽我应尽的责任。"她一个人在空荡荡的屋里打开了所有的抽屉、柜子、箱子、麻袋，到处都是钱锺书的手稿，这些零散的纸张是钱锺书多年的文字积累，跟着他们辗转多地。

按常理杨绛已经到了颐养天年的年纪，中央在生活上给予她很优厚的养老条件，但她依旧如往常般继续工作，坚持过自己昔日里清贫的生活。一支笔，一本书，一个人，在一间屋子里，过一天又一天的日子。

钱锺书留下的大量散乱笔记是珍贵的文学遗稿，相关部门和一些人希望它们能将真正的光辉绽放在世人面前，好让更多的人从中汲取文学精髓，杨绛深知，想要出版钱锺书的东西要经过她本人严格审稿才行。

从颠沛流离中一步步走到今天，不仅早已人事已非，时间也侵蚀着脆弱的纸张，许多稿子都已经支离破碎，杨绛就戴着老花镜耐心地一点点地拼起来，仔细粘好，然后再装订起来，慢慢审阅。

整理着钱锺书的手稿，摩挲着他曾亲笔写下的文字，杨绛孤独的心渐渐回复平静，她还有很多事要做，身负艰巨使命，一定要将钱锺书更多的优秀作品出版面世，否则会成为文学界的一大损失。

整理钱锺书手稿成了杨绛的信念，她自称"钱办主任"。

夫妇两人在文学上的造诣各有千秋，他们牵手走过的六十三年里，无时无刻不交流探讨，各自的观点和行文方式对方早已了然于胸，因此在整理审阅的过程中手稿上的字迹有的虽已模糊难辨，杨绛都凭着自己对钱锺书的了解，一点点复原到位。

钱锺书从幼年起至暮年离世从未停止过读书，读书与笔记同步是他坚持不辍的习惯，那些手稿要累积起来可与岁月的厚度等同，要用具体的数字定义手稿数量已显得分量单薄。

许多人欣羡钱锺书有着超强的记忆力，传闻他过目不忘，也只有朝夕相对的杨绛明白书是钱锺书的生命，他不仅是单纯地死读书，而是做到了将身心完全沉浸于书中深究其义，将感受心得做笔记记录，他认为精彩的书籍就不止一遍地反复阅读。

没有人能想象到这浩大繁芜的文字工程，耗费了杨绛先生多么大的精力。余生不长，时光须臾，她怕明天清晨的阳光不再如此明媚，如果真的来不及将这些书稿整理出来，待到去见钱锺书的那一天，她又怎么能坦然相对？为此她常常昼夜不息地审阅手稿，寝食难安，

杨绛后期整理出外文笔记一百七十八册，总计三万四千页，涵盖了英文、法文、德文、意文、西班牙文、拉丁文等多国文字，大部分都是手写的，记录他在读到一本书时，第几页第几行的所思所想。

杨绛不太精通德文和意大利文，就联系了当初翻译《围城》著作的德文翻译莫芝宜佳博士，她也是最早翻译《管锥编》的外国学者之一，在她的协助下共同整理了手稿。

再加上中文笔记三万多页钱锺书中文的笔记则是跟日记混在一起的，在记录每天发生什么事的时候，也记录当日读了什么书，有什么观点和看法。"日札"二十三册，两千多页，加起来共有四十卷之多，实为单一地读书心得，大部分以中文写就偶尔穿插外文，书目种类涵盖古今中外，种类繁多。

为了能最大限度地将这些宝贵的文化遗产真实还原，出版社不惜引进最先进的扫描仪，并指派专人来负责。工作人员谨慎地将每一页文字扫描下来，分类别目规整成篇章，用专业技术手段去除污点，再调整清晰度，努力达到最佳效果，

　　完成这项艰巨任务，前后共耗时两年。

　　耗资三百万元于二〇〇〇年完成的这套手稿项目，《钱锺书集》收录了钱锺书全部著述，全书都为繁体横排，对《塞上》《柳枝词》《对雪》《寒食》和《村行》等宋诗做了注释，这部书能得以传世饱含了杨绛的无数心血。

　　完成了钱锺书的身后大事，九十二岁的杨绛又提笔完成女儿的遗愿。阿圆脊椎癌晚期躺在病床上忍受着巨大的痛苦，让阿姨举着纸张自己仰卧在病床上写作，一字一句，以无比艰难的"高难度"姿势，想将父母与自己经历的点点滴滴记录下来，并将书名拟为《我们仨》。

　　因为不断地化疗，阿圆已经不能进食，精力匮乏至极，写作在断断续续间进行着，来看望女儿的杨绛心疼她的坚持，劝阿圆要先养好身体才能做更多的事情，如果不是积劳成疾也不至于身患重病。

　　钱瑗体谅妈妈杨绛的苦心，不再苦撑着写下去，停笔后的第五天就带着万般难舍的牵挂，离开了这个世界。当杨绛将钱锺书的诸多事宜处理完满后，才歉疚地亲自执笔，来弥补女儿这个未能圆满的心愿。

　　在青灯孤盏下忆起往事，就像走进一个长长的梦里，在梦里他们的女儿阿圆已是病入膏肓，躺在病床上的钱锺书从昏沉中突然睁大双眼，盯着杨绛背后大喊女儿的名字，她赶忙为他掖好被角安抚说，阿圆正在医院治疗。

　　钱锺书却嚷着让阿圆回家去，杨绛以为他思女心切，便问："回三里

河吗？"钱锺书就摇摇头。"要阿圆回西石槽的婆家吗？"杨绛又问。"西石槽究竟也不是她的家，叫她回到她自己的家里去。"

病中的钱锺书看到了临走的阿圆，他说他知道阿圆是不放心年迈的双亲，钱锺书的思维一直清晰如昨，他的心里什么都明白！这是女儿阿圆在离开人世前最后的告别！

钱老生病期间所住的北京医院北楼的311室，杨绛在书里将它化作一艘大船，阿圆扶着妈妈杨绛下了船依依不舍地告别："娘，你曾经有一个女儿，现在她要回去了。爸爸叫我回自己家里去。娘……娘……"

女儿阿圆再也挽留不住，一步三顾地走远，杨绛的痛在文字里蔓延："我使的劲儿太大，满腔热泪把胸口挣裂了。只听得啪嗒一声，地下石片上掉落下一堆血肉模糊的东西。迎面的寒风，直往我胸口的窟窿里灌。我痛不可忍，忙蹲下把那血肉模糊的东西揉成一团往胸口里塞；幸亏血很多，把滓杂污物都洗干净了。"

"我们仨"走上了一条梦中的"古驿道"，是这世间人谁也逃不脱的归途，在杨绛笔下显得神秘而宁静。"古驿道上夫妻相失老人的眼睛是干枯的，只会心上流泪。女儿没有了，锺书眼里是灼热的痛和苦，他黯然看着我，我知道他心上也在流泪。"

杨绛在这条路上，把血脉相连的两个亲人送走，这条路注定要再走一遭。送走他们她在古驿道上迷失了方向，找不到客栈，更找不到311号码的船，四周漆黑无边只听到潺潺水声。

来路没有尽头，杨绛似一片风中落叶离开树的怀抱，四处飘摇，她孤身独行着哀伤地叹："三里河的家，已经不复是家，只是我的客栈了。"那个"我们仨"的家曾是欢乐园。

她用柔软的文字娓娓道来："我们仨，却不止三人。每个人摇身一变，可变成好几个人。例如，阿瑗小时才五六岁的时候，我三姐就说：'你们一家呀，圆圆头最大，锺书最小。'我的姐姐妹妹都认为三姐说得对。阿瑗长大了，会照顾我，像姐姐；会陪我，像妹妹；会管我，像妈妈。阿瑗常说：我和爸爸最'哥们儿'，我们是妈妈的两个顽童，爸爸还不配做我的哥哥，只配做弟弟。'我又变为最大的。锺书是我们的老师。我和阿瑗都是好学生，虽然近在咫尺，我们如有问题，问一声就能解决，可是我们决不打扰他，我们都勤查字典，到无法自己解决才发问。他可高大了。但是他穿衣吃饭，都需我们母女把他当孩子般照顾，他又很弱小。"

连钱锺书的弟弟都这样评价大嫂杨绛："她像一个帐篷，把大哥和钱瑗都罩在里面，外在的风雨都由她抵挡。她总是想包住这个家庭，不让大哥他们吃一点苦。"外界的好奇的人们更认定"我们仨"中杨绛是首当其冲的"灵魂人物"，先生却孩子气地争辩："不对，不对！我们家的三个人就像万花筒中的三面镜子，你中有我，我中有你。"

自一九三五年步入围城，两个人一同漂洋过海在异国进修，并孕育出爱的结晶阿圆，六十三年的悲喜交集，经历过颠沛流离和纷飞战火的考验，一家人最终无法抵抗命运的安排，走散在病魔的阴霾里。

世间好物不坚牢，彩云易散琉璃脆，万般美好皆若天边美轮美奂的彩云，即便捧在了手里，也脆似琉璃，终究难逃破碎的命运。无论是任何一种情感或拥有的财富，都要勘破世事才能超脱于外。

九十二岁的杨绛写的这册《我们仨》，令读者走进深远悠静的意境，慈祥的老人用舒缓的文字抚平了岁月的惊涛骇浪，一本书读完岁月的苍凉和渗进骨髓的温暖，心间有余音缭绕又对你萧瑟的灵魂呵护备至。

《我们仨》于二〇〇三年出版，上苍给了杨绛一个人的余生，她便用文字祭奠在心中从不曾走远的女儿和丈夫。不到一年间，《我们仨》便销售了五十万册，崇拜她的读者在已然薄凉的世界里，被"我们仨"的世纪之爱温暖感动。杨绛先生整理出的钱锺书部分手稿，《容安馆札记》3卷也由出版社出版。

杨绛先生清冷的日常，陡然热络起来，她非常喜欢与读者写信交流，这位历尽人生冷暖的睿智老人，仍用文字散发出正能量，为大家指引人生方向。尽管如此，她还是谦卑地说："我没写什么大文章，只是把自己个人的思念之情记录了下来，不为教育谁用。"

二〇〇四年一月《新闻晚报》刊发的《谁是二〇〇三年中国最有影响力的女性人物？》一文中，杨绛因了《我们仨》获得本年度"文学女士"。

《我们仨》定稿后杨绛先生提供了大量的照片，与文字相映成趣，让读者沿着故事梗概，在字里行间跟着她走过了他们的人生。《我们仨》自出版后就开启了加印模式，如钱锺书为杨绛煮的那杯牛奶红茶，芬芳氤氲温暖着无数人的肺腑。

人生如茶水一滴

二〇〇五年，九十六岁的杨绛经过了数番与病魔的搏斗，思考出关于人生的深刻意义，着手写作《走在人生边上》，她走过将近一个世纪的路途，关于命运、人生、生死、灵与肉、鬼与神的思考沉淀出不同寻常的人生智慧。

杨绛先生在前言里写道："我正站在人生的边缘上，向后看看，也向前看看。向后看，我已经活了一辈子，人生一世，为的是什么呢？我要探索人生的价值。向前看呢，我再往前去，就什么都没有了吗？当然，我的躯体火化了，没有了，我的灵魂呢？灵魂也没有了吗？"

两年多的时间如窗前滴答绵延的雨水，断断续续又掷地有声。什么是真正的人生？杨绛的笔下展开了自问自答的文字模式。从现实里的人生命运到精神上灵魂，又引申到现实与精神的神秘联系，鬼怪神明以及灵魂肉体，连哲学家和佛学家都无法给出一个明确的答案。

这浮华与薄凉都曾坦然走过，哀而不怨，伤而不悲，怀一颗云水心看遍云卷云舒，花开花落的流年。颠沛流离辗转一生，她始终是那滴清澈纯净的水珠，乍见平凡，久处之下绽放出耀眼光芒。

可老先生一向自谦为"零"，因此我们广大读者才得以读到纯净透彻的文字，正酝酿自她虚怀若谷的胸怀。女儿阿圆曾说过，妈妈的散文像清茶，一道道加水，还是芳香沁人。

一如作家三毛所说："人生如茶，第一道苦若生命，第二道香似爱情，第三道淡如清风。"杨绛的人生若茶，先生亦如茶，先生写的文字更似一杯茶，沉时坦然，浮时淡然。

钱锺书与杨绛，一对璧人两颗柔软心，相亲相恋携手到暮年，不慕荣耀不羡浮华，于喧嚣尘世中宁静安然，一本《围城》，一世相守，他们的婚姻成为世人欣羡的婚姻模式。

究其秘诀，杨绛淡然说道："我是一位老人，净说些老话。对于时代，我是落伍者，没有什么良言贡献给现代婚姻。只是在物质至上的时代潮流下，想提醒年轻的朋友，男女结合最最重要的是感情，双方互相理解的程度，理解深才能互相欣赏吸引、支持和鼓励，两情相悦。我以为，夫妻间最重要的是朋友关系，即使不能做知心的朋友，也该是能做得伴侣的朋友或互相尊重的伴侣。门当户对及其他，并不重要。"

事实证明素来有"誉妻癖"的钱锺书，更是毫不掩饰地称赞她，集妻子、情人、朋友为一身，两人一辈子没有红过脸、吵过架，钱锺书重病卧床，杨绛侍奉左右，不离不弃。

钱锺书过世后，她更是不顾年事已高，兢兢业业地整理出版了他遗留的书稿。杨绛从欣赏钱锺书开始，深深理解了他对文字的痴迷，嫁给钱锺书后，不惜将家庭的重责扛于一肩，无怨无悔地支持才学深厚的丈夫做学问。

在文学成就方面，钱锺书无疑是成功的，而每个成功的男人背后必定是有一个伟大又默默无闻的女人，钱锺书贡献给人民无法估量的文学宝藏，杨绛却将一生贡献给钱锺书。

互敬互爱一直是他们婚姻的主题，钱锺书在杨绛面前"甘拜下风"，认为她写的散文比自己好许多倍，在杨绛心中钱锺书博览群书，才思敏捷，才气逼人，是自己膜拜的师长。

钱锺书在世时，杨绛曾悉心拜他为师，用心地写毛笔字，直到钱锺书走后多年，已然年迈耳背的杨绛，依旧每天抄写钱锺书的著作《槐聚诗存》，工整秀气的小楷力透纸背。

她写道："感觉每一天都是新的，每天看叶子的变化，听鸟的啼鸣，都不一样。"一个老人的人生已经进入倒计时，但这个世界在杨绛的眼睛里，一如当年那般鲜嫩美好，唯有她对钱锺书的思念，愈加陈旧深厚，

杨绛先生走到一百〇二岁那年，她的《杨绛文集》由人民文学出版社汇集出版，其间收录了她写过的所有作品，堪称杨绛最全面的作品集，包括了她开始之初创作的话剧、散文及翻译作品，还收录了《钱锺书离开西南联大的实情》《怀念陈衡哲》等新文章。

这本《杨绛文集》作为纪念先生从事文学创作七十周年所出版的作品集，书中不仅记录了一个特殊的时代，还蕴含了他们这些学者对文学的追求和夙愿。杨绛先生不仅提供了许多珍贵的历史性图片资料，还亲自撰写了《作者自序》《杨绛生平与创作大事记》。

《杨绛文集》前四卷为杨绛先生创作的作品：第一卷为小说部分，收录了之前的长篇小说《洗澡》及七篇短篇小说；第二卷、第三卷为散文部分，包括了《干校六记》《将饮茶》《杂写与杂忆》等，《钱锺书离开西

南联大的实情》《怀念陈衡哲》《我在启明上学》是杨绛先生近年来的作品，也是第一次出现在读者的眼前。

第四卷则为戏剧作品及名作分析类的文章，包括《称心如意》和《弄真成假》。第五至八卷为杨绛先生的翻译作品，包括了《堂吉诃德》《吉尔·布拉斯》《小癞子》《斐多》等，文集共计两百五十余万字。

出版社邀请杨绛去参加她本人的作品研讨会，她拒绝了。她说："我把稿子交出去了，剩下怎么卖书的事情，就不是我该管的了。"她始终是一滴水，清澈透明，不沾染丝毫俗世尘埃。

一本书涵盖了杨绛先生的一生，读者从中看到了不同的灵魂厚度和高尚的品德。她的一生都在辅佐钱锺书著书立传，女儿和钱锺书离开后的二十多年，是上苍补偿给她的宝贵光阴，从而让她写下了更多弥足珍贵的文字。

她从未停止过书写，生来的使命仿佛是为文字而生，而活，而纠缠一生。

2016年5月25日中国著名作家、文学翻译家和外国文学研究家、钱锺书夫人杨绛在北京协和医院病逝，享年105岁。人生走到尽头，杨绛先生这滴清水，化为清风飘然而去，"我们仨"终于得以团聚。